新时代诗库

大 故 乡

北 乔 著

中国言实出版社

图书在版编目(CIP)数据

大故乡 / 北乔著 . -- 北京 : 中国言实出版社，
2022.9

ISBN 978-7-5171-4298-0

Ⅰ . ①大… Ⅱ . ①北… Ⅲ . ①诗集 – 中国 – 当代
Ⅳ . ①I227

中国版本图书馆 CIP 数据核字（2022）第 170193 号

大故乡

责任编辑：张　丽
责任校对：王战星

出版发行：中国言实出版社

　　　　地　　址：北京市朝阳区北苑路180号加利大厦5号楼105室
　　　　邮　　编：100101
　　　　编辑部：北京市海淀区花园路6号院B座6层
　　　　邮　　编：100088
　　　　电　　话：010-64924853（总编室）　010-64924716（发行部）
　　　　网　　址：www.zgyscbs.cn　　电子邮箱：zgyscbs@263.net

经　　销：新华书店
印　　刷：北京中科印刷有限公司
版　　次：2022年10月第1版　　2023年4月第2次印刷
规　　格：880毫米×1230毫米　　1/32　　7.75印张
字　　数：200千字

定　　价：58.00元
书　　号：ISBN 978-7-5171-4298-0

《新时代诗库》编委会

北乔，江苏东台人，诗人、作家、评论家。出版诗集《临潭的潭》，文学评论专著《诗山》《约会小说》，长篇小说《新兵》《当兵》，散文集《远道而来》等18部。曾获第十届中国人民解放军文艺奖、黄河文学奖、海燕诗歌奖、刘章诗歌奖、三毛散文奖、林语堂散文奖等。现居北京。

Beiqiao, who was born in Dongtai, Jiangsu province, is a poet, writer and critic. There are eighteen extraordinary pubulications of him, including the poetry anthology *The Deep-etange in Lintan County,* monographs on literary criticism *The Mountain of Poems and Novels About Dating,* novels *New Recruit* and *Being a Soldier,* proses *Coming From Far Away.* In addition, he was once honored with several awards such as the 10th Chinese People's Liberation Army Literature and Art Award, Yellow River Literature Award, Haiyan Poetry Award, Liu Zhang Poetry Award, Echo Prose Award, Lin Yutang Prose Award. He lives in Beijing now.

目 录

CONTENTS

第一辑 山水之境

漫步海口　　　　　　　　　／ 3

仍然需要想象　　　　　　　／ 5

来到三亚　　　　　　　　　／ 6

陵水印象　　　　　　　　　／ 8

夜宿清水湾　　　　　　　　／ 9

在呆呆岛发呆　　　　　　　／ 10

岭仔村　　　　　　　　　　／ 11

梯外村　　　　　　　　　　／ 12

柏洋，或梦境　　　　　　　／ 13

赤溪　　　　　　　　　　　／ 14

崇左时间　　　　　　　　　／ 15

甘蔗，或苦丁茶　　　　　　／ 16

瀑布心经　　　　　　　　　／ 18

左江斜塔论道 / 20

黄姚诗经 / 21

仙人古井 / 23

作为背景的山 / 24

经过一片稻田之后 / 25

关于一条河的描述 / 26

不只是过客 / 27

雨中钱塘江 / 29

夜过湘湖 / 30

东梓关村傍晚 / 31

富春江速写 / 32

天一阁笔记 / 33

与李白相遇马鞍山 / 35

济水心经 / 37

济源时间 / 39

王屋山上 / 40

井冈山的雾 / 41

雨中东湖 / 42

我在九寨沟 / 43

上庄之诗 / 44

诗上庄 / 46

大运河，你的河流，我的丛林 / 47

周庄的老屋 / 50

周庄的桥 / 52

周庄的巷道 / 54

大王庄记 / 56

洪泽湖心经 / 57

在成子湖看落日 / 58

雨落黄河论道 / 59

长城心经 / 61

第二辑　神秘之象

这万物归位的草原之夜 / 65

晨到赤峰 / 66

达里诺尔湖 / 67

黄昏牧场 / 68

酒后，或泡温泉过程中 / 69

路过阿斯哈图石阵 / 70

木兰围场 / 71

乌兰布统时间 / 72

西部时间 / 73

天水，这个下午 / 74

去公祭伏羲大典的路上 / 75

麦积山 / 76

藉河边　　　　　　　　　／ 77

南廓寺　　　　　　　　　／ 78

在天水光明巷的大排档　　／ 79

天祝时间　　　　　　　　／ 80

乌鞘岭时间　　　　　　　／ 81

抓喜秀龙草原时间　　　　／ 82

河西走廊　　　　　　　　／ 83

在敦煌　　　　　　　　　／ 84

敦煌的早晨　　　　　　　／ 85

黄昏时的敦煌　　　　　　／ 86

大漠之象　　　　　　　　／ 87

大漠戈壁，是最好的老师　／ 89

月牙泉　　　　　　　　　／ 90

月牙泉里的倒影　　　　　／ 92

鸣沙山　　　　　　　　　／ 93

莫高窟　　　　　　　　　／ 95

深夜抵达嘉峪关　　　　　／ 96

早听说过你的名字　　　　／ 97

独坐　　　　　　　　　　／ 98

夜宿酒泉　　　　　　　　／ 99

瓜州之梦　　　　　　　　／ 100

盐碱地　　　　　　　　　／ 101

寻找玉门关   / 102

阳关   / 103

大通河时间   / 104

六月的张掖   / 105

马蹄寺   / 106

七彩丹霞   / 107

祁连山下   / 108

九色甘南   / 109

洮河   / 111

深夜想起甘南藏区   / 113

在甘南仰望星空   / 116

甘南高原的月亮   / 117

雪，回到四月的甘南   / 118

无风的高原   / 120

与高原密谈   / 122

十二月，黑措的夜晚   / 125

当周草原   / 126

美仁草原   / 127

阿万仓   / 129

拉尕山   / 131

郎木寺，是一座小镇   / 133

路过尼巴村   / 135

尼傲：阳光聚集的地方 / 137

扎尕那的石头 / 139

第三辑 生命之味

几朵格桑花，以及临潭 / 143

高原的六点或临潭的潭 / 145

临潭时间 / 146

临潭望月 / 147

走在一条街的前世今生 / 148

白石山 / 150

板夹沟的火焰 / 151

冬天的冶海 / 152

今夜，月光照高原冶海 / 154

冶木河 / 156

醒来的冶木河 / 158

莲花山，一座巨大的灯盏 / 159

默守，黄涧子的隐秘 / 160

你的赤壁，我的幽谷 / 162

牛头城 / 164

洮州卫的土城墙 / 166

城背后村 / 169

池沟村 / 170

党家磨 / 171

红堡子村 / 172

侯家寺 / 173

庙沟村 / 174

庙花山村 / 175

磨沟村 / 176

千家寨村 / 177

秋峪村 / 178

日扎村 / 179

牙扎村 / 180

朝向三岔的风 / 181

从洮阳走来的城关 / 182

古战，走过想象的现实 / 184

嗨，店子 / 185

流顺的时光美学 / 186

深山卧羊沙 / 187

石门：金钥匙给了谁 / 188

洮滨，我想去的地方 / 189

王旗：遥远有多远 / 190

想起术布时 / 191

新城，或洮州卫 / 193

羊永，一种意象 / 194

长川：高原行吟诗人　　　　　　／ 196

卓洛，我想描述你　　　　　　　／ 197

醉八角　　　　　　　　　　　　／ 198

山中小镇的时光　　　　　　　　／ 199

我在冶力关　　　　　　　　　　／ 201

冶力关之夜　　　　　　　　　　／ 203

路过冶力关的一片油菜花地　　　／ 204

风过冶力关　　　　　　　　　　／ 205

东台味道　　　　　　　　　　　／ 207

清晨的池塘　　　　　　　　　　／ 209

朱湾　　　　　　　　　　　　　／ 210

洋中　　　　　　　　　　　　　／ 212

三仓河　　　　　　　　　　　　／ 214

龙干桥　　　　　　　　　　　　／ 216

条子泥　　　　　　　　　　　　／ 218

黄海森林公园　　　　　　　　　／ 220

安丰老街　　　　　　　　　　　／ 222

西溪古镇　　　　　　　　　　　／ 224

甘港村时间　　　　　　　　　　／ 226

犁木街　　　　　　　　　　　　／ 228

跋　　　　　　　　　　　　　　／ 230

想起美好

想起美好
就会想起那充满阳光味道的草垛
一条只属于自己的船
不需要生活，一切都在云端

想起美好
就会想起光着脚丫在田野上奔跑
快乐地喘息
只有这样的节奏，世界不存在

想起美好
就会想起身体刚沾到床铺就沉睡
哪有什么长夜漫漫
眼皮是唯一而且有力的门

想起美好
就会想起莲花下鱼在游来游去
池塘上的波纹
是由草丛里的虫鸣吹起的

想起美好
就会想起坐在旷野仅有的一棵树下
一匹白马在安静地吃草
马背上的阳光就像细柔的太阳雨

想起美好
就会想起雪如蝴蝶飞翔的曼妙
每一片干枯叶子的脉络
都是可以回家的路

想起美好
就会想起无数的背影站在夕阳里
弯弯的小路铺满金色的铃声
身后朝霞里有同样的画面

捧起清水泼在脸上
打湿了太阳月亮以及干燥的九月

2019 年 9 月 15 日

漫步海口

我以双脚印证有关海口的想象
在亲密的神奇里畅游
墙头上的一株绿草
举起水珠里清澈的梦幻迎接我

天蓝得如心底无人打扰的湖水
美好那些无需言说的故事
沉默成为最动听的声音
每一束光都在告别黑暗的远去

椰树叶晃动大地的预言
多少故人随海风而来
礁石上的浪花从未老去
无数清亮的脸庞在醉意中飞翔

那朵白云里
我的目光在缠绕
沙子从指间滑过
时间停止在梦边缘的空白地带

在这冬天里的春天
一首首歌谣讲述生命的温暖
所有的白天和夜晚
都在聆听清晨雾的脚步声

因为一座岛
大海获得了人间的传说
因为一片海
岛长出了永不停歇的翅膀

头顶的椰果里都住着一个村庄
来自北方的雪花含着热泪
岛与大海之间
有一道只属于我的缝隙

2019 年 12 月 2 日

仍然需要想象

海口，椰城
就在这潮湿的风里
黄昏的光芒渐渐隐去
夜晚正一点点滴落
某些睡着的，开始醒来

曾坐在家乡的黄海边
潮水慢慢翻动时间的脚步
注视大海，想象大海的模样
真相总在远方
眼前只有未曾隐去的碎片

听不见涛声，看不到椰树
与诱惑相安无事
没有意象的灯光下
我与想象，并肩而立
我在我的影子里

2019 年 12 月 2 日

来到三亚

南国的浪花
向北方的秋叶致敬
轻盈并不存在，羽毛读得懂
阳光的重量，礁石怀揣
大海的呓语和大地的沉默

坐在高大的椰子树下
面前的大海那么虚无，那么灵动
我张开手臂，搂住
此地的感动和故乡的村庄
再短的瞬间，都可以伸展很长很长

每个人都是一座岛，就像
每滴水都可以装下满天的星辰
爱与痛，常常手挽手
一生的光阴围着我
远处的灯塔在等待大雾的到来

熟睡的人不需要梦

只要出发，就会有距离
带一粒种子在冬季来三亚
和它一起发芽
让所谓命中注定的寒意逃亡

2019 年 12 月 5 日

陵水印象

就这样来到海边
这次的期待像岁月一样诚实
风与波浪互为对方
云朵，纷纷从天空走下来
流浪的人抛弃忧伤

洁白的沙滩聚成黄金海岸
天籁在这里栖息
我的额头是我的码头
过去未来一起上岸
此刻，天地间只有星辰的脸庞

试着轻轻呼唤，陵水，陵水
柔软的春天让巨石学会了抒情
闭起眼睛，灵魂便能触摸指尖
思想纯净见底
因为阳光一直如此明亮

2019 年 12 月 4 日

夜宿清水湾

夜晚，大海这只夜莺
伏在我的窗前
我躺在床上
床在岛上，岛在大海上
宁静，唤醒了耳朵

是的，耳朵才是
世界最好最真的知己
微微闭起眼睛
一无所念时
真相轻轻推门而入

当你不知在何处时
那一定在清水湾
想起一些人和往事
也能不知不觉地入睡
一盏渔火收留了所有的细节

2019 年 12 月 4 日

在呆呆岛发呆

我相信椰子树是从大海走上岸的
把椰果提得高高的
大长腿上刻满水的依恋
听到大海的消息
叶子总是频频回应，若有所思

巨石守望这片海
不知道看着多少身影老去
一只猴子从这棵树跃到那棵树
恍惚了一下，这瞬间
走过了无数漫长的人生

沙滩是大地的唇
有无限细腻的温存
只为吻一下
海水拼尽一生的力量
然后害羞地退去，留下发呆的我

2019 年 12 月 5 日

岭仔村

当海水沉默时
山的脚步与炊烟一同远行
岭仔村的每个清晨
梦舒展成帆，渔船像鸟儿的鸣叫
在波浪中，一遍遍修改记忆

星光渐隐去，雾的朦胧
让那首唱了千年的歌谣
披上洁白的风衣
老人的双眼和孩子的身影之间
年轻的生活翻动古老的传说

村庄在走动，与白天夜晚一起
模仿牛的安详，马鲛鱼身上
有关大海的秘密
阳光路过皇帝椒发出的声音
平静地讲述那些人间的激情与美好

2021 年 2 月 12 日

梯外村

这里的时光，在草尖的脸庞上
那含着尘世的水珠
色彩，气息，以及生活的感觉
不需要修辞

屋后的山坡，因为牛的悠闲
善良，随处可遇
窗前的阳光，摇晃远处大海的身影

小路弯弯，笑语盈盈
在这细微之处
洞悉人世间共同拥有的宏大

梯子村，这陵水的村庄
是横卧在山海间的一把琴
那些美好，从未离开
如同我们心中悄悄的歌唱

2021 年 2 月 13 日

柏洋，或梦境

庄稼，还在那里
村庄从现实走入梦中
那些街道，在清晨，在午后
鸡叫，猪唤，山后的守望者
可触摸的鸟鸣，在天空划出炊烟的模样

我需要不停走动，搅动沉睡的记忆
风与风之间，谁的影子可以留下
或隐或现的足迹里，重叠了多少等待
不要踏进那清澈的溪流
内心的那条河，总在静止中流动

长廊上的楹联，草地上的雕塑
默默讲述乡愁里那些不变的故事
采一朵蚕豆花，蝴蝶停在指尖
童年的梦从某个拐角现身
我寻找了许多年的亲人

2019 年 7 月 19 日

赤溪

白色的火焰，站在
绿叶唇边，目送露珠轮回
乐曲让沉默更加沉默
轻柔手指的轻柔
一场风花雪月就此转身

看不见的溪流，与风
交换彼此的目光
遇见水，火焰与绿叶都还在
白茶，在水杯里
是谁的前世，又是谁的来生

来到赤溪这个山村
白茶，呈现出真实的容颜
夜晚的黑，就是一种白
每个从遥远而来的人，其实
还在路上，在无法抵达赤溪的路上

2019 年 7 月 19 日

崇左时间

向右拐，崇左的路牌
以迎接故人的表情抚摸陌生者
鱼鳞般的云，阳光更明亮
一座座大山，从大地里探出躯体
巨型庄稼，让村庄心甘情愿地渺小

山路，如小河一般柔软
闲适的风，卷走了所有的声音
甘蔗满怀甜蜜
垂落的叶子，如言语的睫毛
谁的双脚，留下太极鱼一样的印痕

没有鸟儿的天空，满怀喧闹
向上的沉默，畅饮人间的私密
一棵树，因为森林而孤独
真正的空旷
在黄昏的那张脸上

2019 年 11 月 21 日

甘蔗，或苦丁茶

这条路终于迷失于绿色之中
一群脚印，有的回到沉默
有的想起从前荒芜时的自由
山顶坐在阳光的梦境里

谁也分不清甘蔗与苦丁茶
距离，可以消除一切的界限
甜与苦的意味
与舌尖有关，也无关

一截甘蔗，一杯苦丁茶
都可以让味觉苏醒
那些快乐与悲伤
在身旁，也在远方的远方

糖都，苦丁茶之乡
这个叫崇左的地方

因此无比真实

收藏了人间所有的神秘

2019 年 11 月 24 日

甘蔗，或苦丁茶

瀑布心经

一条又一条瀑布在崖壁

回忆飞翔的过往

岩石泪流满面

野草举起无数明亮的眼睛

此时的人间

阳光的脚步作响

源源不断的，还有

梦里无比安静的那一部分

记住了，不会忘记

在广西崇左有德天跨国大瀑布

原本虚弱的想象

这一刻，如山一样的强壮

多条瀑布汇合于大地

小河在两个国度之间漫步

没有了故乡与他乡

竹排，成为一条又一条的鱼

2019 年 11 月 23 日

左江斜塔论道

把天空的秘密留给天空
倾斜的身体，表达应有的敬畏
正如另一个名字，归龙塔
让期待的想象永恒

姿势谦卑，尊严依然如剑
适当俯下倔强的挺直
注视水中的身影
可以随时与自己对话

带着阳光，或月光星亮
参与河水的讲述
风铃摇醒了古老的岁月
守望草木的前世今生

人们的目光掠过
孤独如飞鸟翅膀下的阴暗
庄重的倾斜
只为扶正众生的心愿

2019年11月22日

黄姚诗经

在八百年的榕树上，嫩芽

挑开黄姚古镇岁月的厚重

老屋让雾更加飘逸，如心头的那个念想

一簇簇瓦片，像亲人们的拥挤

在明亮和幽暗之间的木窗，往事

迎面而来，携着白天和夜晚

巷子的尽头，还是巷子

一晃而过的身影，定格

池塘里清澈的倒影，迷离我的眼睛

带龙桥上，爷爷牵着孙子的手

这是微风所要表达的含意

鱼潜在水底，模仿鸟儿的飞翔

枝头的鸣叫清洗一路风尘

让人看到了梦中的蝴蝶

天空一片宁静

因为那刚刚醒来的阳光

青石板被人间粗粝的生活打磨得

光滑细腻，一张张泽润的脸庞
我想认领一块
认领虚无之中的这份真相
但我怎么也无法洗尽双手的尘埃
身后的黑暗沉默不语
黄姚古镇，一盏从未熄灭的油灯
试图唤我回家，在河之洲

2019 年 12 月 7 日

仙人古井

井有几座方池
依次可以饮用、净菜、洗衣
看来，仙人只关心
尘世的衣食生活

几位居民蹲在井边择菜捣衣
一群游人悠闲走过
人间在这里
泉水独自远去

登上几级台阶
我转身间，又过了千年
这清澈
依然如初

2019 年 12 月 8 日

作为背景的山

作为背景的山
就这样远远地凝视
越过时间的头颅
石头的语言记下这一切
而姚江只负责传说的章节

有一些风会从山上下来
走进一座房子
倾听星光落在屋顶的声响
青石板上的一枚树叶
湿漉漉的眼

这些山像大海上的帆
只是未见黄姚古镇这船飘摇
山从不开口
彩虹如此擦拭人间烟火
胜过所有渴望的冲动

2019 年 12 月 7 日

经过一片稻田之后

镰刀是船，草帽为帆
稻浪前所未有地颠簸起伏
在这场盛大的典礼中
土地是至高无上的主角
倒下的稻子，弯腰的收割者
还有走向苍茫的我
都无暇顾及一朵云是怎样挂在枝头的
稻草人还穿着去年的衣裳

我听到一粒稻谷爆裂的声音
我看到一粒稻谷落向大地的全过程
一串稻穗与另一串稻穗的爱情
即将成为人间烟火的一部分
我走过稻田，认真地陪稻子走一程
不会走路的稻子，陪我走一生
已经忘记有多久没下雨
路上，我是一株默默行走的稻子

2018 年 7 月 1 日

关于一条河的描述

登上竹排，靠近水花
我对河的想象，才真正开始
倒影，不再是倒影时
世界的真实，越来越清晰
长满树的天空，夜晚在我的身后

再有造型的竹排，也不如
优雅而来的鸭子身上的弧线
岸边阿哥阿妹的歌声，穿过
无形的丛林，让此岸彼岸
相距更远，或更近

把目光漫开，连同渔网一样的光阴
河面上的雾不再朦胧，就像
总也忘记不了的那张脸
当我只剩下水下摇晃的影子时
无数的颤抖终于有了飞翔的轻盈

2019 年 11 月 25 日

不只是过客

到达预定的目的地
与新的起点会合
疲惫，丢在一路的风景里
来古镇，并非怀旧访古
再古老的过去，也是当下和未来
所有的找寻，只是为了遇见自己
池塘里的水不深，但
不影响几只鸭子和无数条鱼的优雅
在人间千年的黄姚古镇，还是
去不掉这与生俱来的羞涩

菜地里直腰远眺的老人，追逐的孩子
一静一动之间，不需要想象
红衣少妇从水中提起衣裳
满天的星星被打湿
真实把梦境带到这里
那只在巷道悠闲的公鸡，以及
在人流中安然打瞌睡的小黄狗
成为许多人拍照的对象

咔嚓咔嚓，更像敲门的声音
其实，自己才是自己的守门人

在这里，万物众生都是音符
一首歌谣无声地吟哦
虚掩的木门，半开的格窗
似乎在谈论青砖黛瓦的沉默
一切都是这样淡定，而
爱情在目光中跳动
无需放下什么，故事掏空了故事
拥有的所有还在，被镀了一层月光
不要低头，因为脚边的一只鸟儿
正抬头专注地看着你

一千多年了，古镇的柔软和神秘
依然像挂在婴儿嘴角的笑意
别指望走遍，别指望描述
有些画面和感觉，只属于呼吸
这里没有开始，也没有结束
来或离开，都相当容易
来了，便知道
生活没有永久的远方
想要和自己有个约会，就来黄姚
从此，想起美好就会想起黄姚

2019 年 12 月 12 日

雨中钱塘江

这个春天的下午，钱塘江尚未醒来
也许，正在低调地收拾那些
雨丝，以后像雨丝一样的目光
我与江水默默相对
彼此都没有讲述故事的冲动

雨，毛毛细雨，就像
诸多往事断断续续地浮现
无关愁绪，只是潮湿了一些记忆
或者，感觉到心中干燥的某一部分
幸福与悲伤，常与岁月毫无联系

似乎是站在风中，一切都不重要
包括忽隐忽现的呼吸
其实，我只是坐车从桥上路过
只是瞟了一眼钱塘江，但我看到
江面上铺满脚印，以及水手的背影

2021 年 3 月 27 日

夜过湘湖

每时每刻，我都走在世界的尽头
夜色的浓密，甚至填满了
虚构的缝隙，如此的黑
远方就在身边，行走
只是在划动随时随处的想象

湘湖近在眼前，近得如同
眼睛里的黑，还是远啊
童年的歌谣，祖父口中的传说
很奇怪，总有一些美好
悄然而至，湖水也在深情凝望

薄雾，月光被打湿的模样
或者是，湖底那些秘密的气息
一声鸟鸣里，竟然有淡淡的茶香
这个夜晚，路过湘湖
时间，一会儿胖一会儿瘦

2021 年 3 月 30 日

东梓关村傍晚

鸡觅食，狗在追逐

灯笼上的雨滴

谁的心事

富春江边的小码头

让江面更辽阔

一个背影消失在拐角

墙上的水印

天空走来的脚步

我的眼睛

掉进一扇窗户

老屋与池塘

沉默对视

穿红衣服的小姑娘从身边跑过

我与远方的故乡

相依为命

2019 年 3 月 8 日

富春江速写

江水驻足

奔跑的是两岸

梦的翅膀，被目光打湿

从来就没有尽头

风碾碎阳光，依偎月光

远山在春雾里

打坐参禅

村庄守着一段岁月

迎来送往

炊烟，天地间唯一的使者

我走在江边，思考

鱼成为隐者的过程

眼前的模糊常被称为朦胧

秘密，以及喧闹

在明亮的镜子里

2019 年 3 月 9 日

天一阁笔记

苔藓爬满石头，雨水从历史深处
写下记忆的潮湿
我在青石板上走下一个又一个孤独
前面的竹林翠绿，没有鸟鸣
身后的老屋里只有夜的黑

有些书还在，书香淡了
人味淡了，长满树的假山
比从大地里长出的真山还要真
弯弯曲曲的长廊
没有了幽深，一具空空荡荡的躯体

阴沉的天，丝毫不影响
门票印刷的精美
喷泉洗不净经年浑浊的池塘
水面上秩序规整的波纹
来自另一种时间，与岁月无关

我拍了很多照片，光影斑驳

墙壁坚硬，掩不住苍老
镜头里没有一个字
一阵薄雾从远处飘忽而来
眼前越来越清晰

2019 年 3 月 7 日

与李白相遇马鞍山

一身素白的李白

站在一堆黑色的方块字上

燃烧的火焰，白得耀眼

白马扭头隐藏了眼睛的黑色

李白举起酒壶，白酒如泉水入口

所有这一切，如同朗朗阳光

"你错了，这些都是惨白的月光"

他的话震颤腰间的佩剑

那道剑光在剑鞘里

墨色从纸上走来陪伴它

细丝丝的雨，淋湿了许多故事

淋湿了千家万户的炊烟

林间的薄雾，正在回味大漠的雄浑

我的许多小念头，窜出浓烈的霉味

眉毛上的水珠，我的泪

一只鸟儿飞来，叼走了我的笑容

从西部带来的沙尘，成了疤痕

在我鞋帮盘踞

"这里的潮湿，最合我润墨"
李白从雾中走，像海上的一叶轻舟

我在马鞍山寻找马鞍山
项王乌骓真情灵化的那座山
"山难寻，山魂处处可会"
李白一手酒壶一支笔
我看不清他的长相
他的诗文晃晕了我的目光
他的豪迈醉迷我的心
此刻天地一片空旷
李白走在马鞍形的路上
一滴墨在我心间洇开

2017 年 9 月 29 日

济水心经

当水潜入地下
历史的背影走进密不透风的丛林
远古的传说
重新回到人间，有些脚印正在醒来
这条河叫济水
三隐三出，言说时间的在或不在

从源头到大海，距离很远
沉默深处的那份沉默
在黑夜与白天的边缘踱步
河流里，记忆在争吵不休
平静的水面，以天空的表情
诉说人间的生活，以及梦

穿过济源大地的济水
如羊群缓慢离开
树一言不发
叶子在阳光中奔跑

岸边的人，在一滴水注视下
转身回家，把自己想象成站起来的济水

2020 年 6 月 2 日

济源时间

进城的路很宽
迎面而来的记忆，仍然相当拥挤
黄昏时，白天与黑夜并肩而立
远处的高楼似远行者
更远处的大山早已站成了岁月

暮色带了目光，时间回到河底
麦子一动不动，但离粮仓越来越近
那些传说里有天空的倒影
有吹了千年的风
我的虚空，苍白一片

人们在讲愚公移山的故事
我在想，王屋太行来自何处
济源，济水之源
一路向东入海，这是我来时的方向
我与遥远的另一个我，在此相遇

2020 年 6 月 24 日

王屋山上

一路向上，献出自己深醉的孤独
每一个台阶都有遗失的梦
星辰落在峭壁上，丛林里
散落天幕的记忆和人间的足迹
遥远的过去与未来，聚成清脆的鸟鸣

我正在读那个熟悉的故事
文字在阳光里，在树叶飘动的回音里
我不再是我自己，我的背影
如大海一样荡漾在四周
愚公，像我的祖父在注视这一切

越走越高，彩虹的故乡
在这很高的地方
我迎来岁月所有的问候
王屋山，离地万仞
我却感受到比大地还厚重的踏实

2020 年 6 月 4 日

井冈山的雾

这是清晨，午后，也可能在黄昏
梦，在眼前，如此之近
世界一片模糊，那些该清晰的
其实不需要用目光注视

轻雾，浓雾，如或长或短的岁月
揉碎太多的细节，柔软，或坚硬的
天空大地，忧伤落泪，还是喜极而泣

一棵树，让雾更加朦胧
无数的身影在周围
孤单，常常不是一个人的独处

走在没有尽头的台阶
一步，也是千山万水的跋涉
两种维度的空间和时间
如雾弥漫，过去和未来相聚此刻

2020 年 10 月 17 日

雨中东湖

是雾气，也是雨水的呼吸
许多的记忆，就这样风尘仆仆而来
世界一片模糊，无人的拱桥上
是谁遗忘的身影，没有孤独
这人间唯一清晰的画面

湖面上，可以看见水花，波纹
漫开，模仿每个转身的瞬间
那些雨滴消失了，就像
走进岁月的故事，感动的，悲伤的
眼前，白色的火焰在跳动

真的不知道，天空之水与湖中之水
谁是谁的前世，垂柳上的水滴
异常明亮，无论坠不坠落，都是
有关梦想的快乐或忧伤，我能
把很大的东湖放在手心，这不是奇迹

2021 年 4 月 7 日

我在九寨沟

有鸟飞过今夜的丛林
树叶上的最后一滴水被震落
大地上溅起一朵莲花
一颗破碎的心

一切的色彩都逃入黑暗
慌乱的眼神、揪心的呼吸
烛光，异常明亮
无数的羽毛苍白黑暗的苍白

裂缝，让生死了无边界
颤抖，让你我无从聆听
你在呻吟，我在祈祷
所有人都打开了窗户

遥远，不再遥远
我在九寨沟
我不在九寨沟
我在泥泞里寻找那块青石板

2017 年 8 月 9 日

上庄之诗

这些人间的文字，默念河流的水声
星辰的光芒，从此有了生命的意义
老屋一天天老去，如同孩子
从村东头跑到村西头
身后的影子忽长忽短，或浓或淡

山坡上的石头在沉思
不远处的一棵树在自我拯救
风总是很匆忙，从不
关心炊烟的心情
石壁上的诗行，其实是以庄稼为背景

有没有阳光或月色，这些诗
都一直站着，像神一样
来来往往，生生世世的人们
平常的生活中，多了一份神秘
终于，可以清晰地读到灵魂

在这个叫诗上庄的村子里

每个人都活成一首诗

每首诗都活着，时而静立

时而在人群中走动

谁在孤独地转身，只有时间

2020 年 7 月 26 日

诗上庄

炊烟是诗的标题
庄稼让阳光学会了分行
蚕豆花向天空致意
麦穗向大地告白
玉米棒，无风时也披头散发

溪流边的山路，另一条河流
某些故事的秘密在没有尽头的远方
就像阳光与树叶的对话
就像乡亲们额头上的沟壑
沉默的老屋里，岁月在热烈交谈

上庄，深山里的小村庄
记住了那些一闪而过的表情
每首诗都在诗上庄
那些词语像灯盏，像故人的目光
照亮山外来客的脸庞

2020 年 7 月 24 日

大运河，你的河流，我的丛林

燕子优雅地掠过，水面
和我的童年一样不再沉默
浮萍载满我的目光
鸟们在芦苇丛中鸣叫我的心思
路的尽头有我的想象
站在岸边，我只想游到对岸
门前这条河，来自何处
我从没想过，就像我从不关心
祖父的祖父是何方神圣

多年以后，我双脚踏进大运河时
我听到阳光穿透我身体的声音

远走他乡，村口老槐树的叶子
正在讲述大地的故事
月光传来缕缕槐花香，味道有些青涩

回家的路，错乱在少年的骚动里
大运河就在身边，一条船

就能让我到达母亲淘米洗衣的地方
我
跳进家门口的河
站在大运河的水里

今夜，窗户一片潮湿
不是雨季，没有下雨

我是祖先生命的延续
可他的背影早已如陆地沉入海底
我血液里流淌大运河的
沉默、力量、传奇、荣耀，一切
我与大运河没有故事
大运河的传说
让我在陆地上留下足迹
升腾、弥漫的雾气
是河床对天空的深情诉说

夕阳下，炊烟袅袅
一柱柱火焰在奔跑

一位姑娘在河边洗头
披散的头发
打开了母亲的忧伤
一条运盐船正驶向大运河

洁白的盐粒，有我祖先的记忆
还有大运河的苍凉
水草伸出无数的手臂
抚慰河水的寂寞与冲动
我站在桥上
看着一条鱼怎么被淹死

庄稼地里的那把镰刀
正在收割大运河留给大地的念想

我不会沿着大运河从南走到北
大运河，一直在我身体和灵魂里行走
我不会告诉你河底铺满鲜花
因为那里有我所有的秘密
两岸的人家，是大运河
在陆地上的化身
如歌的流水，惊艳时光
敞开的大门里
奶奶在为孙子穿衣裳

灯火通明的城市夜晚
大运河正在这片森林里潜入梦乡

2017 年 8 月 17 日

周庄的老屋

清脆的鸟鸣，穿过树叶抵近宁静
阳光在抚摸枝头的阳光，与
地上的影子沉默交谈
台阶，从岁月深处走来
仰望青砖黛瓦，砖线瓦缝有条河
河水安静流动，缓缓而行
凝望庄稼地的春夏秋冬
一幢幢房子，像智慧的老者

不，这就是老屋
我故乡的，你故乡的，他故乡的
我们所有人故乡的老屋
这是周庄的老屋
这是我们灵魂的家园
淡泊地坐在这里，呼唤乡愁
立起一个心灵的路标
让迷失的我们，找到回家的路

走进一座座老屋

风，吹去一路的尘埃

那位老人的目光，擦亮良知

月亮升起的时候，昏睡的初心

幸福地醒来，灰烬淹入黑暗

泉水明亮在心头

乡间小路，站成高大的树木

黎明的微光，坐在飞檐上

周庄的老屋，很大

住着我们所有人的故乡

2017 年 10 月 14 日

周庄的桥

月亮像思乡的目光落在河上
这就是，周庄的桥
流水摇晃拥抱的臂膀
石拱桥的梦，潜在水中
白天和夜晚，这一刻团圆
站立，或走过
沾满风尘的脚印，无以诉说的话语
和青苔一起，成为桥的一部分
桥，在这里静守千百年
一只雨燕，划过唐诗宋词里的岁月

与烟雨朦胧一同来的，是
旗袍上的淡蓝浅绿，一把油纸伞
舒展时光的脸庞
风伏在栏杆上，看着雨落下
从桥下悠然而过的小船
载满天空下所有的回忆
水面上沉默的树叶，是
从远方归来的一封封家信

闭上眼睛，让耳朵安睡
丢失的世界，就会迎面走来

每个人的村口，都有一座桥
一盏油灯，端坐在心头
周庄，有许多桥
就像村庄里有许多的孩子
在中午时分，立于任何一座桥的中央
清晨与黄昏，陪伴左右
有许多桥的周庄，本身就是一座桥
让你从幽深的丛林走出
看到阳光草地，以及
如你心头灯光一样的炊烟

2017 年 10 月 14 日

周庄的巷道

走进周庄的巷道
岁月幽静地向我涌来
青砖，青条石，无数的话语
默默相拥，满地的潮湿
另一条河流的梦境
光影翻阅千年的记忆
周庄的前世今生
在巷子里走成弯弯曲曲的念想
乡愁寂寞的呼吸，远处的香炉
静坐，陷入无边的禅思

阳光抚摸河水羞涩的脸庞
叫醒沉睡的码头
昆曲缠绵窗沿
轻轻重重的脚步
叩问路面
我看到朝霞染红大海，船儿
扬起金色的帆
风与这些醉红交谈，枝头

端起一杯杯酒，女儿红

谁的纱巾，网住了情思爱意

坚硬的巷道，柔软前方的守候

从荒野大漠而来

拥进这沉稳的怀抱，带着

月光的温柔，阳光的炽烈

还有，天空永恒的诺言

巷道，与我梦中的乡村小路一样

房屋与庄稼，都站在

路旁岸边，竹笛飞出心跳的节奏

我轻轻地走过，只让目光

悄悄挨着它们坐下，手心一片红润

2017 年 10 月 20 日

大王庄记

如果土墙醒来，万物将一同
沉睡，粮食还在酒里流浪
阳光明亮，明亮阴影里的白天
木门木窗木凳子，记住了丛林的呼吸
整个大地，天空的倒影

活着，与幸运无关
真正的村庄，从不会老去
洪泽湖畔的大王庄
纯粹的目光，映照年轻的脸庞
故事，已走在未来的路上

父老乡亲，你们都是
我记忆里的模样
来到这里，已是傍晚时分
淡淡的夜晚中，有我
久违的清晨，以及风中的低语

2020 年 9 月 18 日

洪泽湖心经

当一匹白马在天空消失
渔船爬上岸
守在路边，来来回回的汽车
奔向远方的空虚，没有尽头
墨正在宣纸上洇开

一滴水，装入整个世界
偌大的洪泽湖，不在人间
打渔人的网甩出
大街小巷里，一些传说在徘徊
湖底的秘密，正窃窃私语水草的妖娆

不会被鸟鸣打扰，无数的飞翔
在水面寻找翅膀上的阳光
我与倒影对视片刻后
沿着湖边一直走下去
心有不甘，鞋子为什么没有湿

2020 年 9 月 19 日

在成子湖看落日

不再有人关心大地的灰暗
片片树叶，一个个悬挂的夜晚
凌乱的芦苇开始安静下来
黄昏，把辽阔书写成
无需解读的寓言，保持沉默

时光的金色正在水面漫开
每个人都在注视，那些隐秘的羞涩
全部交给天空，以及成子湖不可见的冲动
无法描述，现实迷失于梦境
所有美的词语，正被幻觉拯救

不见飞鸟，那云像花瓣
更像生活中无意丢失的翅膀
或者，从未想起的那件衣裳
我站在湖边，不远处
空空的一条长椅，如老家的小路

2020 年 9 月 19 日

雨落黄河论道

有话要说，先保持沉默
心跳与脚步坐在树下
昨晚的月光，远在他乡
我们走了多少路，才不期而遇
厚厚的乌云，闪电的磨刀石
所有的沉重都落在一片叶子上

一条大河，如流动的山脉
那些不可描述的，就像水的巨响
黄色皮肤下的筋骨
不要怀疑每一滴水的坚硬

雨倾注而下，寂静更加寂静
无限坠落，但绝不倒下
风与雨不断和解，来到人间之前
波浪在水面急切地奔走相告
浑浊是另一种透明

河流颤动，仿佛泥泞的路

大地露出深藏的表情
故事一直在讲述，不停打磨时光
我看到庄稼地前面的森林
那些雾气，正在赞美渐渐昏睡的孤独

大雨是另一条大河
谁是谁的真身，无关紧要
我站在岸边，试图从土黄的水珠中
找出童年的我，一个泥孩子
眼前又好似偌大的晒场
玉米，麦粒，稻谷，金黄的粮食
真正的辽阔，是那些可以抵达的慰藉

2022 年 8 月 9 日

长城心经

大地长在山脉之上的山脉
天地间最为坚硬的脊梁
垛口，锋利的牙齿

深深地凝视，心就会被
嵌入墙的沧桑中
历史像阳光一样在皮肤上颤动

台阶，叠放白天与黑夜
不接受脚步的停留，烽火台上
一只白色的鸽子正整理羽毛
远处的山，仍是一片青色

我骨头挤压的声音落进砖缝中
这是一个残血般的黄昏，或者
一盏灯笼挑醒诸多的沉睡

恍惚间，一块块石板如利刃

刀尖舔着呐喊，风正在讲述
那些发生过的事件，注定不敢遗忘
某些时刻，终将凝固时间的流动

2021 年 12 月 18 日

第二辑

神秘之象

我在这里

所有的记忆沉入河水的深处
偶尔泛出无法命名的朵朵浪花
明天，永远只在明天
谁也不能真实地活在明天里
谁也不能
我们拥有过去与未来
属于我们的，只有今天的此时

世界很大很大
无从感知的时空

是别人的世界
我在，我的世界才在
走过许多地方，还将拜访许多地方
我们可以到达任何地方
属于我们的，只有此时的这里

我只能在这里，获取瞬间的存在
空间延伸至视力之外
世界只在脚印之上

我在这里，我，只在这里
其他地方，没有我
我远走他乡，你来到我站立的地方
这里，就是你的世界

2017 年 11 月 26 日

这万物归位的草原之夜

散步归来，我带回赤峰碧玉龙
安详的模样，从天空到大地深处
再到人间的世俗，飞翔
早已成为无法追回的一个梦
星光满天，正是黑暗苏醒的时刻

一条河就是一条鱼，那浓郁的
鱼腥味可以作证，水草从不渴望上岸
灯光在水里摇晃，像醉汉
牧人入睡之后，马头琴开始流浪
就像静立的白马正在回忆消失的闪电

无边的草原被月光点燃
如果有轻雾在徘徊，那一定是
伟大的梦想降临之后的喁喁细语
我在细数种种的美好，而草原
将我高高托起，以颂赞夜的名义

2020 年 8 月 21 日

晨到赤峰

红山隐，百柳绿
晨雾，夜晚故事离去后的表情
大地上无数的马蹄声
已跃上云端，周游天地
舍弃了人间的岁月

一代王朝的背影，只需转身
便会迎面而来，就像此刻我站立的地方
眼前是辽阔的草原，身后
丘陵被河流的讲述迷惑
短暂的沉默里，历史哄然现身

一棵树迎风傲然，一片森林
收藏所有的狂妄，记忆的密实
比一座大山还固执
这个清晨，我真切地走进赤峰
无力惊动巨大的虚无

2020 年 8 月 18 日

达里诺尔湖

我看见，天空托起湖水
白云从湛蓝深处升起
如此纯粹，梦像呼吸之间的空白
微微起伏的波浪，一排排树木
在巡游，像灵魂

达里诺尔湖的意义，已被
苍穹填满，草原围坐在一起
甘愿被某种神秘捕获
飞鸟那片遗落的羽毛，已如秋叶
但仍然不容侵犯

那些玄武岩，大山折断的翅膀
或者文字逃忘后的册页
湖水半咸，就像
快乐与悲伤调和而成的泪滴
我听见命运那深情的呼唤

2020 年 8 月 22 日

黄昏牧场

鹰飞过牧场
点燃黄昏的火焰
滚烫的地平线涌入牛羊的眼里

牧人的歌声飘向远处的家
酥油茶的香气抚摸妻子的脸
孩子在门前逗着羊羔

大海的潮汐缓缓而来
打开一卷经书
佛光中的生灵，静穆修行

天地间的金色，讲述生命
故事顺着光芒流淌
一朵莲花在众生心头绽放

2017年9月29日

酒后，或泡温泉过程中

小镇的名字叫热水
最直观的命名，往往最俗
功利之上，总会有化境的可能
称为嘎拉德斯汰，还是好些
虽然我不懂蒙古语

不管你愿意不愿意，来小镇
最好，而且只有泡温泉
别怀疑这里的水质，否则
你一生都会纠结之中
当然，还有如迷雾般的恍惚

不在于喝不喝酒，喝多少杯
无中生有的醉意，更美妙
把躯干浸于弥漫硫黄味的水里
稍过片刻，灵魂开始自言自语
最终，会把你叫醒

2020 年 8 月 22 日

路过阿斯哈图石阵

星辰降临人间
星光的重量触手可及
这一切发生前，时间一直与阴影相伴
坚硬的头颅不属于大地，正如
真正的世界在我们的想象之外

闭上眼睛吧，别打扰
这些石头的生活，以及我们未知的爱情
这里是它们的家园，也是千万年的战场
生活，无处不在的战斗
历经沧桑之后的残骸，唯一的本相

那些青铜悲伤的灰，与岁月无关
石头的内部，思想拥挤不堪
故事在旅人的额头上的眺望
大风远道而来，野草们像士兵冲锋一样
追赶大大小小，形状奇异的石头

2020 年 8 月 22 日

木兰围场

走进木兰围场里

常常这样安慰自己

不再有皇帝，马在草原过日子

弓箭已僵硬在博物馆很多年

锈迹斑斑，春秋与冬夏相互埋葬

如果幸运的话

会有某种动物在远处闪过

就像冲动的身影

树的背后，还是树

草的周围，总会有风令大地布满欲望

可以放松，不考虑猎物的出没

也不担心有射手在暗处瞄准

偏僻之地，依然在人间

一旦重回日常的尘世

人人都是猎手，人人都是猎物

2020 年 8 月 23 日

乌兰布统时间

野草一摇晃，野花一点头
我的目光模糊之后更加清晰
一群又一群的人，从远方走来
又回到远方，马头琴的声音
此刻，不只是声音

渺小与宏大，肩并肩
小路不了解人类，那些山
站立起来的草地，憨厚忠诚
我每走近一步，它就挺直一些
世俗的意义，一点点地消失

白天的云彩，夜晚的雨
谁是谁的遗忘
黑暗是宿命唯一的见证者
一切归于沉寂之时，新的故事
在哪一滴水珠里跌落

2020 年 8 月 23 日

西部时间

是不是旅人
都注定要跋涉千山万水，走进
如荒原般的孤独
目光里的苍凉
是风沙掳走的脚印

一座山，一粒沙
宏大或渺小
都只是大地的一部分
如果你足够强大
大地就是你心灵的一部分

可惜，只是如果
一闪而过，才是真正的永恒
在西部，可以体会到
人这一辈子
生与死总在相互搀扶中前行

2019 年 8 月 27 日

天水，这个下午

街头的笑容，汇成一条河
深深浅浅的身影，鱼如云一样流动
想象只能伸向未来，历史太古老
无数的秘密，连传说也难以承载
饮下时光，是最好的选择

陇上江南的天水，姑娘们迎面走来
洁白柔润的水袖，把明亮洒向蓝色的天空
这是一个不需要做梦的时刻
有一双透明的翅膀绕着脚步飞
翠绿翠绿的树叶，在心头窃窃私语

霞光，开始像雾一样光临伏羲庙
带着藉河清澈的诉说，口音足够遥远
不需要看见什么，不需要听见什么
天水，这个动感的画面，黄昏时分
金色的绸带连接起苍穹与大地

2018 年 6 月 20 日

去公祭伏羲大典的路上

许多人早已走在各自朝圣的路上
个别霓虹灯依然倔强夜晚的华彩
店铺招牌的字装饰很现代
童年的光泽隐隐约约
我是他们中的一员

在去参加公祭伏羲大典的路上
有我
人潮车流，携岁月偶尔张望
鼓响钟鸣，这条路很短
这条路很长，身后一圈又一圈曲线

那棵老树还是昨天的姿态
我的故乡在遥远的海边
到家的感觉安居在羲皇故里
新建的古建筑不算精致，很像
我的祖父

麦积山

需要多少麦子
才能堆起这座坚硬的山
走在人间的粮食
仁慈中也有沧桑的情怀
登上高处，俯瞰众生

一切正在进行，包括开始与结束
漫长而孤独的守护
暗红的砂砾，记下了一切
炊烟与白云一起走向天空深处
生命在宁静中端坐

2018 年 6 月 21 日

藉河边

藉河流经天水城，秦州的秘密
在流动的河水之下
两岸的灯光，试图照亮历史的大隐
月光，仿佛江南的细雨丝丝
喧嚣的离去，我们用心爱万物

我走向河边之前，摸了摸耳朵
丢开目光，静静地倾听
一条河流的言说，代表
大地最深沉的记忆
夜色下，世界的表情无限丰富

某个地方，乐曲醒来
我的脚步合着心中的节奏
身影在水中行走
藉河是条鱼，我的影子是河
一位姑娘款款而行，手里一柄油纸伞

2018 年 6 月 21 日

南廓寺

我怀揣红尘走进慧音山
天水城注视我斑驳的背影
一些燕子飞过，一些石头寂寞在林间
沉默的内部，脚步声细细碎碎
向上的青石台阶，目光止不住向下

春秋古柏还在春秋里
千年老树，崭新的念头在叶子上
杜甫远游，诗在这里陪伴寂静
我的胳膊与万物在一起
傍晚的阳光抓住指尖

一座老寺，一位不老的诗人
在晨光中打坐，在夜晚
与星辰一起堆积岁月
山中的声音，只有我
失去，又被找回的心跳

2018 年 6 月 22 日

在天水光明巷的大排档

拍黄瓜在左，红油猪耳在右
铁锅牛肉稳稳坐中间
啤酒，你们一杯又一杯
我和酒神聊聊天
对面住宅楼的灯光正在入睡

有些晃动的桌面，家常生活的浮现
东一句西一句的言语，飘向归家的路人
杯中的啤酒，一条冒泡的鱼
难得的休闲，伸长脖子去饮夜风
头顶繁茂的枝叶，有些醉意

我们其实在光明巷的入口
巷里散落的摊位，在回味白天的光明
我看到黑暗里黑色的翅膀
这没有什么大惊小怪的
七八个瓶盖忍不住开口说话

2018 年 6 月 21 日

天祝^[1]时间

一群白牦牛
几匹枣红色马
一个身着黑衣的牧人
投下各自的影子
众多夜晚的梦，遗落在亮绿的草原

心里住着一个骑手，一直住着
现在，只想懒散地躺在草地上
想象天空的哪朵云是白牦牛
闻闻野花，注视
河水流过细小的石头，如往事

再黑的夜，白牦牛依然
披满阳光的白或月色的梦
梦里的每座帐篷，都有心跳
一只巨大的脚印，比整个世界还大
我的到来，让这片草原更加孤独

2019 年 8 月 1 日

---

[1]位于甘肃武威的天祝，藏语称华锐，意为英雄的部落。

乌鞘岭时间

风终于累倒在山坡
石头还在喘息

这一边的鲜花绿草里有梦
那一边的鲜花绿草只在梦中

冰雪坐在山顶，阳光如刀
这样的明亮，成为不可逾越的黑暗

乌鞘岭，不需要任何言语行动
无欲无求，反倒成为天地间的绝世高手

我站在山脚下仰望，山那边
有一个还没醒来的我

2019 年 8 月 2 日

抓喜秀龙草原时间

总有一些野草比牛羊爬得高
但高不过默语的经幡
弯弯曲曲的河流
通向远方的同时，也在心头吟唱
只要奔跑，就能拥有整个天空

没有人高谈阔论
一朵小花可以遮住眼睛
漫长的人生，每一个瞬间都辽阔
如果可以听到草长花开的声音
就能看内心的图景

孩子们在草地上打滚
男人们在喝酒唱歌
随手拂过长发，雪山在
女人脸庞映出春天的早晨
神，就这样回到抓喜秀龙草原

2019 年 8 月 3 日

河西走廊

一粒种子被那年那月的风遗弃
长成一棵树
叶子，无数的舌头在呼喊
飞过的鹰，悄然无声

穿行者留下足迹
铁骑的凶悍，早已远去
只有悲歌流在传说里
祁连山的冰雪，年复一年地造访荒野戈壁

沙尘扬起，野草疯长
是什么穿过大地的头发
如果，河西走廊是条巨型的河流
那，什么是畅游的鱼

世界从这里路过
梦被干裂的嘴唇咬醒
记忆的花园里
一切都闪着泪光，温暖而疼痛

2018 年 3 月 17 日

在敦煌

路，新铺的
小镇，新建的
博物馆，新盖的
街头的行人，现代的
可是不需多久，古意会坐在你心头

沙海之中的一片绿洲
神一样的脚印
想起远行时，母亲站在村口
我的脚步很轻盈
背包，越来越重

微细的，巨大的
都在目光之外
真实，常以虚幻的形式出现
如果，我在敦煌
那，敦煌在哪里

2018 年 3 月 26 日

敦煌的早晨

每天早晨，骆驼在沙漠中
寻找昨天留下的脚印
柔软的阳光在驼峰间攀爬
每一粒沙子都有一个梦
寂寞，海一样的浩瀚

树林、野草、庄稼
与早起的人们一同致敬天空
月牙泉的痴情弯成一把弓
箭在有缘人的手里
风把树叶剪成心的形状

背起行囊，不是为了远行
美好，就在敦煌的怀抱里
鸣沙山，夜晚的登高只为陪伴
给月牙泉一个惊喜，一天又一天
最好的陪伴，从早晨开始

2018 年 6 月 26 日

黄昏时的敦煌

骆驼驮着远方，此时
骆驼和大地都是黄昏的一部分
如火如血的夕阳
摊在天空的羊皮卷
鹰是唯一的笔
人间的敦煌，正在回家

低头走路的石头轻吟羌曲
鸣沙山猜不透月牙泉的羞红
莫高窟里的飞天，不需要霞光
飘逸的衣袂，就是彩虹
骆驼刺异常热烈地眺望远处的汉城墙
黄昏燃尽，敦煌开始另一种生活
谁也不知道
何时的敦煌，才是敦煌的真身

2018 年 6 月 27 日

大漠之象

在这里

永恒不变的是黄沙

变幻无常的，也是黄沙

黄沙是时光的使者

黄沙是天地间的君王

金色的大漠，落在大地上的太阳

人间烟火繁盛的阳关城

被大漠侵吞，或走回了故乡

留下座座的烽燧

倔强地打着神秘的手语

想象，由此弥漫

每个人心中，有了属于自己的阳关城

这些孤傲的身影

让大漠像天空一样宁静

风来沙飞时，模糊了阳关

历史，却清晰在时光里

阳关在大漠深处，终于

我们的灵魂，夜一样的静

2018 年 4 月 29 日

大漠戈壁，是最好的老师

这时候，戈壁上没有风

云施隐身法，在天空寻找足迹

随意安身的石头

有它们的表达方式

四周无人，无草木庄稼鲜花

没有起伏，没有坑

一幅创世纪的景象

如果孤独不在，这里是别样的寂静

一枚树叶，一扁舟，一匹飞驰的马

拥有整个天空的鹰

这取决于行走的方式

鱼翔于水，终生做水的囚徒

身处戈壁，绝望就是希望

繁华与虚空，仅在一念之间

能与黑暗亲密相处，就会想到

海和绿洲，是戈壁的前世来生

2018 年 6 月 29 日

月牙泉

追至大漠，鸟兽化入神迹
一张弓，满含热泪

五色的沙子站成一座山
一把刀，伏地沉思

鲜血流出万里黄沙
一只号角，横卧悟道

春天，在这里留下一枚绿叶
飞翔，带来大海的笑脸

激情过后，潮润的唇还在
走得再远，后背总有丹凤眼

月亮来到人间
妩媚成月牙

地下的甘泉来到人间

神秘，安然在臂弯里

月牙泉

荒凉之地，无尽的澄静
那黑风黄尘，也会止狂于耳畔

2018 年 3 月 21 日

月牙泉里的倒影

日夜相守的鸣沙山，不敢走入月牙泉
爱得过于深切，是一种痛
三生三世的咏叹
月牙泉只能拥抱思念的心声
装不下鸣沙山，可以装下天空
还有，月亮的圆缺阴晴
天上的月牙，在月牙泉里只是
一个残缺的梦
忧伤，还给那些忧伤的人

千万别走近月牙泉
你的影子挂在月牙边
转身离开时，月牙挂在心头
梦中，不会再有圆圆的月
家乡的水塘，村口的那座桥
从此被月牙泉淹没
千年不枯的泉水，润不尽你的渴望
世界的本相，总藏在影子里

2018年6月28日

鸣沙山

风沙一路狂暴之后
成为忧伤的歌手
红黄蓝白黑，五色沙子
是天地间的五线谱

听过那声音
好似从远古走来
翻动泛黄的纸页，身影模糊
一切都在静止间
这是一阵风
拨动麻木僵硬的心弦

我们都从远方而来，日夜兼程
疲惫，或无助，兴奋之后的淡然
停下脚步，倾听自己的回声
把千山万水还给神秘，还给来处
一声声叹息，一幕幕回忆
是一首歌，也是无尽的诉说

总有些时候

不需要白天黑夜

所有的颜色，都可以

聚集在声音里，盛开无从触摸的花瓣

抓一把沙子抛向阳光

五颜六色的雨，爬满天空

2018 年 3 月 23 日

莫高窟

黄沙的血色，阳光的一种颜色
坚硬的石头，怀念大海的浪花
那些强悍，早已倒下，消失
那些怒吼低吟，沉默在大地之下

这里的惊奇，原本很平常
因为遗忘，丢弃
我们陌生了自己
谁能回到坐化千年前的那个午后

无数的人前来，走过千万里的路
迈不过的是千万年的迷茫
带走一些惊叹，画面
留下的，是另一个自己

2018 年 3 月 26 日

深夜抵达嘉峪关

深夜抵达嘉峪关
名为嘉峪关的一座城
关隘嘉峪关在城外的黑暗中
与大地一起做着没有光亮的梦
风伏在垛口守望

城门打开或紧闭，这无关紧要
孤独的身影扩散为整个夜晚
有没有一块砖正在走神
一封羊皮信穿过狼烟
为墙根的青草带来问候

挽着一路的风尘，挽着心头的辽阔
撩开历史的风衣
地不老天不荒的胸怀
一只鸟飞过城墙，从城外到城内
是鹰，或许是燕子

2018 年 6 月 24 日

早听说过你的名字

天地沉默于墙根
同样沉默的城墙和烽火台
挺拔的，只是大地的另一种生活
在干裂的土皮上寻找久远的目光
尖叫，游荡在戈壁

你的名字矗立在历史中，远比
你的身姿更雄伟
我第一次听到你的名字时
你在我的想象之外
一支箭像鸟儿惊恐地飞

我在路上跋涉
你在岁月的口腔里
静止，才是最长久的行走
你我互为背影
嘉峪关，其实是条站起来的河流

2018 年 6 月 25 日

独坐

天空下雨的时候，河流异常兴奋
嘉峪关的城墙，天下第一墩
泪流满面，谁能听到大峡谷的颤抖
夕阳西下，血性铺满苍穹
远方的骆驼，走过的路都是家

温暖来自残垣断壁
呼呼乍响的旗帜过后
牧羊人手中的鞭子悠闲于戈壁
别管岁月的白天与夜晚
黑暗，光明总会叩门

独坐，不是孤独的释放
怀抱宏大，证明或者炫耀都是
多余的事
悲伤，不属于自己
世间万物在时光中都有自己的位置

2018 年 6 月 25 日

夜宿酒泉

夜色吞没沙尘
搀扶起历史的喘息
洒满灯光的鼓楼
像一件古老的铜器

广场上，歌舞如波浪
我裹紧衣服
有一刻，我
盘腿坐在夜光杯中

仰身睡下时
梦站起来，四处张望
我是酒泉
酒泉，是巨大的酒壶

2018 年 3 月 17 日

瓜州之梦

风沙狂舞，假借张芝草书的气韵
阳光阴郁时，我站在榆林石窟前
影子，回到身体里
戈壁滩，迷失在天地间

岁月在此失去意义
远处连绵的群山，低矮之极
但，丝毫没有虚弱形神

一片绿洲，长出一座城
面对瓜州，戈壁滩一脸尴尬
那些野性的骆驼刺
只能羞愧地流浪

我打开一扇窗户
瓜州之梦，在洒满阳光的大街上行走
而我
成为唯一的梦游者

2018 年 3 月 28 日

盐碱地

泪落下

带着心，粉身碎骨

掩埋过去与未来

风，卷走当下

灵魂，逃之夭夭

尸骨遍野

这些苍白，比夜还黑

枯草，立起断裂的音弦

盐碱地，另一个天空

星光点点

万物在喘息

雷声卡在喉咙里，如巨石

2018 年 3 月 16 日

寻找玉门关

在玉门市，询问玉门关在何方
才知道，玉门关不止一处
或者，名字是固定的，关口
曾挺拔在数个地方

春风不度玉门关
春风在追逐玉门关的身影
玉门关，跋涉于戈壁大漠
足迹擦亮目光

鹰，醉于飞翔
经书与岁月密谈
河流的柔软之心，和山一起站立
苦行僧，只是他者的命名

寻找，是在摸索一扇扇门
打开，或者关闭，并上锁
大路小道，与脚印相依为命
风，记下了这一切

2018 年 3 月 18 日

阳关

驼铃声托起大雁的翅膀
黄昏时分，风沙燃起火焰
无数人的身影
与河流一起干枯

残存的身躯
曾经的繁华被一寸寸剥落
孤独，唯一的永恒
消失的那一刻，开始永生

这巨大的荣耀
在天地间，也只如一根肋骨
从时光里走来的尊严
吐纳泥土的芳香

沧桑，如此清晰
迷离的是，从指间流过的黄沙
所有的故事，都是时光的恩赐
终将交还给时光

2018 年 3 月 26 日

大通河时间

当大通河流至天堂寺，其实
什么事没有发生
只有河水以为自己停下脚步时
石头像鱼儿一样游动
山，从大隐者成为草原上的独行侠

河水在拐弯的地方
从不犹豫，从不徘徊
惊慌失措的，是岸
有些水滴爬进草丛
结束了漂泊，也放弃了远方

我在河边走了很久
鞋没有湿，疼的是赤裸的双脚
僧人在宏伟的大殿里
诵经声，早已走出寺院，坐在水旁
我在对岸，彼此隔着大通河

2019 年 8 月 3 日

六月的张掖

收起所有的赞美之词

金张掖

在河西走廊走出万物的时光

可以满足你无边的想象

难以言说的美妙

生活可以不平静

灵魂与祁连山面对面

连绵不断的山脉，以及坐在空中的白雪

讲述你所不知道的岁月

秘密会带着鹰的光芒叫醒装睡的耳朵

三千里的飞马嘶鸣

三千年迎风冒雪的吟唱

不需要选择出发与行走

把彩虹揽进怀里

火一样的目光指点江山

2018 年 6 月 23 日

马蹄寺

我宁愿相信
一匹白马长久站在青石板上
驮着天空的湛蓝

放下那些负重
忘记流水的步伐和声音
黑夜与白天同时握住时光之手

一座座石窟，岁月卧在凿痕里
没有人间的皱褶
彩色壁画，月光的一部分
我跨过千山万水来到这里
离开时，脚步明显慢了许多

2018 年 6 月 23 日

七彩丹霞

花草树木，还有世间百色的庄稼
和城市一起退到远处
这里是山的部落
黑灰两色回到夜晚，或在一旁自卑
群山讲述世界，色彩代替所有的语言

无论谁来拜访，山不闻不问
只专注与阳光对话
七彩丹霞，那是人类的命名
千万年的沉默，还在沉默
时间，在这里没有任何意义

神奇之中必有神秘
万物归于华丽的色彩和抽象的线条
悄无声息的狂野，如此不真实
原来，山也有无法抗拒的冲动
山的歌唱，山会听到

2018 年 6 月 24 日

祁连山下

祁连山就在那儿，不需要坐标
冰雪的高贵，在众生的敬意里
漫长的等待，交给一棵树
流水只负责寻找马蹄声
马鞍、在草丛里无语独坐

从甘州到张掖，棱角分明的
思想从岁月里走来
丹霞地貌一改山的稳重，纵情狂欢
湿地里燃烧七彩火焰
祁连山把时光丢在一旁

从山顶走向旷野
天上的星星在泉眼里找到家
不需要仰望
这里的土地比古籍里的文字松软
根，都聚集在祁连山下

2018 年 6 月 24 日

九色甘南

甘南，色彩的音符跳动目光
住在时光之上的高原
风翻动草地的记忆
天空之下依然是天空

远方的风还在远方
彩绘的少女睡在河流的臂膀里
格桑花跑遍山坡山谷
寻找爱情

朝霞里，夕阳下
牧羊人身后跟着牧羊犬
远处的朝圣者
金色的火焰，青稞燃烧起秋天

冬天，辽阔如海
炊烟与云朵为伴
落满大地，回到人间
夜晚的黑走在白天

美好，如此安然
九色甘南躺在甘南的九色里
石头和羊群
目送马背上的阳光

2017 年 9 月 3 日

洮河

这座拉布吊桥
抓住了大地
让人们在此岸和彼岸间自由来回
把影子沉进水里，想象抓住了洮河
这是拉布吊桥唯一能做的

脆亮的水声
唱响拉布吊桥的孤独
洮河不为所动，揉碎桥影
一路滋润村庄

洮河在高原上如履平地
黄昏为它让路
骏马在岸边低下高贵的头
日月星辰在水里交换各自的秘密

风谦逊地抚摸洮河
天地间琴声悠悠
人们无法隐瞒情绪

放下生活的一切，聆听神的启示

黎明时分
洮河回到自己的黑暗
沉在水底的刀剑
枕着曾经的血色和哀嚎

2017 年 9 月 11 日

深夜想起甘南藏区

在这漆黑漆黑的夜晚

同样漆黑漆黑的牦牛，是夜的一部分，还是

夜，是一头巨型牦牛

有一只鹰飞过黑暗，一条河便在空中流淌

梦中的人们，推开世俗的光阴

柔软绵长的呼吸，走向格桑花盛开的时刻

每一个瞬间，都是一个世界

那被云层吞没的月光，没有丝毫的忧伤

马蹄声，羊的咀嚼声，牧民纯净的嗓音

站在我的额头上，默默地打着手语

耳朵也早已在山林中滑翔

声音归于静寂，话语才真正从心头复活

我睁开的眼睛，其实是闭着的

目光被墨色溺亡后，我看到了更多更多

不见牧场，不见毡房，不见山谷里逍遥自在的风

但，我看到灵魂坐在山顶

身旁，一本打开的书

山把流水喊到高处

悬崖峭壁的心跳，跃向敦厚的大地

站着的，坐着的，躺着的

草木人兽，山川河海

都是端坐的一座座寺院

喧嚣一旦多余，那些晕沉的场景

就会醒来，爱面露温柔的欢愉

我终于可以与我的灵魂互为知己

天地间唯一念念有词的，是粮食仁慈的气息

夜的沉默，让我无比感动

羊羔看着孩子在草地上打滚

似有似无的微笑，让我倍感幸福

阳光里弥漫的奶香，雪山上奔跑的光芒

让我浮游在醒来的梦乡里

没有一滴雨，没有一丝雾

所有的尖锐，都温和地走向轻柔

狭小的角落，顿时如草原一样辽阔

今晚，我不是失眠

只是把一条洁白的哈达，想成了所有的白天

在这个很深很深的夜晚，我想起了甘南藏区

而，我此刻就在甘南藏区

2018 年 4 月 7 日

在甘南仰望星空

耀眼灼心的阳光回到去处
欲望与石头一起晕睡
梦想点燃篝火，灵魂苏醒
此时，我与高原拥有相同的体温

草原、河流、大山、房屋
甘南的星夜
抽空了人间
我成为大地唯一的坐标

用星光泡茶
月光下
庄子的毛驴把自己想象成蝴蝶
星空跳进高原这个酒杯里

九色甘南，黑与白
夜晚，高原的家园
银河，一条哈达敬给世俗与冥思
我在河边寻找我的身影

2017 年 9 月 17 日

甘南高原的月亮

月亮越亮，那
不朽的黑暗会更加不朽
月光清澈泪滴
十字路口的身影，才是
真正的夜晚

此刻的甘南高原
巨大的池塘
没有心停泊的地方
三年前中秋那晚的月光
还在遥远的路上

皎洁，只是词语
苍白的脸庞
从天上来到人间
当一切柔软时
目光是唯一的骨头

2019 年 9 月 13 日

117

雪，回到四月的甘南

没有冤情
不是愤怒的天灾
甘南的四月
雪的率真，如约而至
仿佛，羊群在清晨醒来
仿佛，苍鹰醉在黄昏的牧场之上
此时的甘南，如同一条巨大的哈达
刚解封欢畅的河流，又开始矜持
宏阔的心灵，能听到雪花的低语

天空阴郁，雪花抽走了明亮
赶路的人们，步履如常
青稞酒安然淡定，知己随后就会敲门
飘雪隐藏
山路的记忆，山路的茫然
爱情之心，一片潮湿
山，还是那样高贵
天地间的大舞台，不需要
布景、道具，以及演员

雪，自信地承接一切

看到了风的模样，雨的前世

大地遗失已久的骨骼

捧起雪，捧起灵魂的本真

冷峻的盐，忘记了大海的疼痛

世界只需要雪的来来往往

我们的血液，渴求雪的清洗

雪，不再是雪，生命的翅膀

走在天空的脚步

雪，认真地回到甘南

无数的羽毛，人类

需要重新燃起的火焰，以及轻盈

2018 年 4 月 12 日

无风的高原

我迎着无风的高原
身后的雪地像一张白纸
没有记忆的一丝灰烬
倒下的一棵树，挣扎在洁白之上
回归生命之初的诺言
阳光为此屏住呼吸

没有风，没有声音
高原是一位身着白衣的隐者
寒冷的气息聚集在我周围
热烈地讨论丛林法则
面对白茫茫的一片
海阔天空，还是身陷绝地

我要跑起来
带着风回到高原
我要穿一身鲜艳的衣裳
燃烧那些冷却的信念

当风重新呼啸时
我在山谷里想念无风的高原

2017 年 11 月 26 日

与高原密谈

牧羊人白色的帐篷，草原上的云朵

羊群在绿草上翻滚浪花，小小的蹄子踩住从草丛中突围的风

你弯腰推一块石头，向高原深深地鞠躬

手臂上的阳光，滑进皮肤的沙漠

山腰的雪线一言不发，眺望远方的地平线

蓝色的大海，平静如天空

山谷挽留正义的力量，挽留苍鹰的翅膀

溪流与小道，合力追赶传说的脚步

马子奶攻陷火光，占领你的喉咙和欲望

挂在墙上的猎枪，向砍刀吹嘘冒险的过往

黑色的枪口，一块油布表情冷漠

岩画在洞穴里呻吟

凿穿了，震裂了，剥落了

你趴在沼泽里喝水，跪拜沧海桑田的祖先

舌头向浊水投降

朝霞淹没在黄昏的血色里，山背后传来夜晚的呐喊

梦，在白天站成雕像

肩头落满星星支离破碎的遗言

昨天的影子在鼓掌，受伤的耳朵挂在树梢

今天的影子，锁住目光的咽喉

你只能吞咽月光的警告

羊尾巴正在抽打明天的影子，格桑花在一旁加油助威

灰尘俘虏了智慧，记忆被埋在坍塌的废墟下

四季轮流向树根告密，树叶毫无办法

那些伤痕，终生愈合不了

秋风割下青稞，酿造忧伤的情人，激情的帮凶

春天来临时

万物苏醒，披头散发的空虚，暗自哭泣

苍老的槐树上坐满苍老的眼睛

压弯枝头，压弯村口的月光

折扇，油伞，衣衫褴褛，无奈地请晨雾清洗枯骨

你的眼神，清理青花瓷的花纹

一朵莲花托起莲叶，为莲蓬吟唱午后的困乏

小板凳骑在门槛上，木纹展开童年的回忆

想象盐碱地那棵树的挺立

老水牛走进麦地，牧童的歌谣，偷走旧粮仓里的梦

一粒种子，正在死去

一粒玉米，逃离宿命的纠缠

无数的盐粒在伤口上起舞，为它擂鼓

你奔走在命运的河床上，被乡愁五花大绑，终年不得脱身

稻田里，稻穗集体默哀

母亲坐在炊烟之上

那把铜锁抱着门环，在两扇虚掩的门之间

小船钻过桥洞，搁浅在桥头

河水的涟漪，躲过燕子的低飞，温柔地摇晃芦苇

笛子，拒绝风的挑逗，回到竹林

大雁的叫声，仰起你的头颅，撕下你的面具

一条条路，活在你的脸上，弯曲如歌

你拿起针线，母亲纳鞋底的针线

缝合梦里的小桥流水，莺飞草长，漂泊的长吁短叹，风尘中
迷茫的目光

你要与岁月决斗，拯救流浪于苍茫的尊严

自由最忠实的孤独，吹响哨音

在你和高原之间

牦牛成为抒情最密实的那一部分

石头没完没了地唠叨，唠叨

夏天，天涯海角；冬天，海角天涯

夜里的寂寞拍打，山脚下黑暗的裸露，树杈上冥想的额头

还是在这样的黑夜，黑如浓墨

经幡担当你与高原千年交谈的秘密使者

2017 年 11 月 8 日

十二月，黑措的夜晚

没有声音，没有影像
夜，让世界回到最饱满的存在
云朵与羚羊，一同漫游于传说

这浓密的黑夜
一个人的身体，是世间的全部
暗哑的脚步声，指向岁月的方向

地动山摇时
夜晚，发出喘息的慌张
灵魂的肌肤上冒出无数茸毛

黑措，黑措，黑措
这是羚羊出没时的神秘呼吸
还是守望者血液奔跑的足音

高原小城，与树一样站立在寒冬
表面深沉而冷峻
内心早已互为梦境

2017 年 12 月 15 日

当周草原

草翻过北坡，在南坡长成了一棵棵树
不是这样的，它们有着不同的生活
但都有细腻和辽阔
我想起以前常自言自语中的那个地方
此刻，我若思绪万千，就是背叛

一处水域，清潭，池塘，水泡子
是黑夜遗失的眼眸，还是白云在人间的驿站
饮水的羊，伏在岸边的云朵
水面上的波纹
别翻皱我那些早已慰平的记忆

在当周草原，我每走一步便感觉
世界的珍贵又回来了一些
我的四周空无一人
草地和丛林接纳我以及拖着风尘的身影
在此地，从没来过，我在寻找我

2020 年 8 月 30 日

美仁草原

白色的羊群，白天一般

一群牦牛，比黑夜更黑

梦在阳光下漫步

我迷失在夜与昼的缝隙里

静立的马，缓缓而行的小河

世界睡得很甜美时，才是真正的醒来

小草向上生长，挤满大地

因为这拥挤，美仁草原得以辽阔

所有的野花，都是格桑花

很低很低的云，让神奇

触手可及，人间的一切在天空显现

寂静里，故事潮起潮落

近处的草原，远处的山

一只鹰从中间飞过

我忘记了万物众生的名字

微凉的风，冲洗我的眼睛

我的指尖上

大海与月光正缠绵，一片朦胧

走在绿色之上，无边的绿
我的胸膛，装下那弯弯的河流
伸开双臂，时光在我怀里
一切，都在被重新整理
离开后，身处异乡的我看到
美仁草原的深处，坐着一个我

2018 年 10 月 3 日

阿万仓

如果从梦里醒来，还在梦里

那一定是在阿万仓

这个叫阿万仓的地方

散发原始气息的湿地，可以

晾干潮湿甚至发霉的心情

牧歌铺满天空，白羊一样地漫步

鸟儿飞在或浓或淡的雾中，无数的

鱼儿游在没有岸的河流

那些预感扑面而来

所有赞美的词语，都不如一声鸟鸣

不要试图沿着某个目标奔跑

勇猛向进的黄河，迷失在草丛里

土拨鼠的眼睛，格桑花的脸庞

水是万物共同的情人

无法等待午后，因为清晨如

绸缎一样无限伸展

来到遥远的阿万仓，仿佛还在

熟悉的故乡，离开的是

岁月里的风沙，生活里的虚幻
最远的远方，才是最近的心房

一望无际的空旷，阿万仓
装下整个世界的虚无
孤独，会更加孤独
飞翔，不再需要翅膀
一阵风过，与站在水中的草私语
散开的波纹，行走在蓝天
有什么秘密，就
心甘情愿地敞开吧
阿万仓的冬天就要来临
连风的记忆也会被雪花抹去

草原的辽阔，让马不再有飞驰的冲动
那些游走至此的白云
压低了山头，无论怎样的巨响
都难以叫醒阿万仓的寂静
美妙的是躺在草地上
看指缝间的阳光，还有
与风结伴而行的花香
从寺院传来的诵经声，带着
雪山洁白的消息，一棵树的沉醉
阿万仓千年的寂寞，坐在格萨尔王的背影里

2018 年 10 月 11 日

拉尕山

我走在草地上，拉尕山

静坐于日复一日的时光中

白云落下的影子

天空的秘语，漂移无常

沉默的石头，悄悄交流各自的领悟

树木只是向上，再向上

早已忘记了根的隐忍

一只鹰在滑翔，舒展翅膀

丈量天空的辽阔，我的脚步

暴露了我的渺小和无力

我跳跃，屹立的岩石开始颤动

草地的波浪滚滚而来，这一刻

没有思想，思想回到思想的身躯里

时间正在山洞里打坐

这里是藏乡，这里是江南

白天在山顶迎风而立，夜晚在

丛林深处收留溪流的呼吸

从远古走来的传说，彼此问候

交头接耳，表达对永恒的敬意
那匹站着的马，睡得很香

顺山而建的村寨，如
岁月里的纤夫，炊烟是帆
一个孩子，身上的藏袍宽宽大大
一路小跑在村里，一排排房子
被黄昏染成一级级台阶
远处的拉尕山，一个巨型火把
经幡像是会说话的火焰
也许这是我无边际的想象，因为
我的双脚已经虚空，梦游在
一片叶子的边缘

在这片偌大的山地，拉尕山
只是一个路标，指引销魂的目光
这里处处是风景，大自然的鬼斧神工
搬来梦中的花园
我不再喜欢望着流水，空寂之中
我终于找回了我
那些牛羊，打量来自人间的我
拉尕山，藏语意为神仙喜欢的地方
神仙来没来，我不知道
反正，此时我在

2018 年 10 月 11 日

郎木寺，是一座小镇

我想与郎木寺这座小镇一样

纯净的阳光里，饱含深意

一条小溪，白龙江

一个大气而又神秘的名字

小小的山中小镇，坐拥

甘肃四川两省

空间在狭小中无限扩展

我随意站，随意走

左边世俗，右边空灵

脚下人间，额前飘过天堂的微风

在这里，瞬间与永恒合为一体

街道两旁有无数的门，门里

时光迷失在人们的淡然里

店铺后面是民居，民居后面有寺院

所有的屋顶都离白云很近

红色，喇嘛的袈裟，姑娘的衣裙

还有来自远方的喜悦

我坐在一块很长的青石板上

所有的岁月迎面而来
与我亲切地交谈

东方小瑞士，我不喜欢这称呼
德合仓郎木，符合我的期待
立于桥头，不一定是守望
想想儿时的乳名，脸庞闪着光
有时，某条小巷里就我一个人
没有孤独，孤独常在被人潮挟裹时强悍
入夜后，小镇的灯光是天上的星星
夜空布满我们的眼睛
不知小溪走到哪里，成了
真正的一条江，状如白龙的 一条江

这里的幽静，不需要描述
这里的奇妙，无法描述
传说在这里安详，心灵与脚步同样轻盈
离开城市，走过草原，翻越群山
来这里，不需要与某段往事重逢
与自己相遇，过去的，未来的
曾经的想象，此刻淘洗风尘
每个人，都可以是一座郎木寺小镇

2018 年 10 月 6 日

路过尼巴村

伏在山坡上的藏式房屋，虔诚
祖祖辈辈的身影，岁月的光泽
仁厚的目光，都来自
阳光纯净的源头，天空的深蓝
鸟鸣在人间，牦牛的叫声
有我们无法知晓的隐秘
万物归于悄无声息
故事，才会真正开始

山中一座百年藏寨
那些重叠的脚步，并非重复
晨时的炊烟，爬上山坡
与从树林里飞出的雾，一起
把现实生活以虚幻的方式储存
夜晚时分，白塔上挤满阳光的梦
星辰在为各自的孤独醒来
我举起手臂伸向黑暗，无尽的黑
灰尘与虚汗，被清洗
有雨淋湿了一匹马的声音

一排排用于搭晾青稞的架杆
空空荡荡，青稞还在大地上歌唱
孩子从这间屋跑进那间屋，欢快
老人手里的佛珠，与皱纹一样沉默
我从经幡下走过，从玛尼堆旁走过
它们属于村庄、但又不是村庄
那堵矮小沧桑的土墙，让我想起
丛林的幽深，大海的辽阔

当我路过尼巴村时，我与尼巴村
互为过客，华尔干河的水声在伴奏
尼巴，藏语之意朝阳的坡地
白色的哈达，白色的雪，时常在
庄稼的绿色，一直都在心头
许多陌生图像的背后，站着我的故乡
不需要跋山涉水看风景，这个世界
从来就没有远方
尼巴，尼巴，尼巴
为什么我喊出时，特别熟悉

2018 年 9 月 22 日

尼傲：阳光聚集的地方

我走在这个叫尼傲的山村

整个清晨都在我身体里

飞过的鹰，带走完美的曲线

丛林里，鸟鸣虫叫唤醒了轻雾

影子还在夜晚的怀抱

我来到泉边，双手捧起泉水

喝一口，洗洗脸

一片透明中有了我

立于山腰的白塔

从人间向山顶向天空高举灵魂

慢慢转动的经筒，悬挂的经幡

一位老人走过

那一身藏袍里，有整个人生

包裹村庄的当下和所有记忆

墙上藏族风情的图画默默注视这一切

河水奔跑，来不及与岸告别

岸很知足，孤独的是河水

彼此亲密无间，巨大的陌生世人皆知
我站在桥上，我走过这座石拱桥
想起喝下的那口泉水
一些美好在我身体里晃动
路边的野花安静而矜持
正在抚慰黑夜流下的泪水

今天是阴天，这个早晨没有阳光
大自然的声音都在
我的脚步声丢在昨天，或许
在明天的某个地方游荡
人们说藏语尼傲的意思是
阳光聚集的地方，其实
尼傲本就是穿过黑暗的阳光
我，也成了一束光

2018 年 7 月 8 日

扎尕那的石头

扎尕那，石头的家园

每一天，白天，夜晚
所有的语言都沉默伫立
一座城，撑起旷野的天空

石头安静生活，在人类的感知之外
游戏，交谈，坚守
草木之根缠绕隐私
苔藓，含着风的情绪

经年婀娜的雾，人类的神秘
石头村庄的炊烟

小石头满山撒欢，路边玩耍
那些依偎着的，恋爱着的
父母在劳作，弯曲高大的身躯

山顶上，老人们抚摸日光流年

想念童年的大海，少年时飞过的鹰

来自远古的闪电，穿梭于黑暗之中
先于人类，终将照亮人类逝去后的荒原

人类的吆喝，震得石头粉身碎骨
可，叫不醒千万年的冥思

风，到此为止
石头心中的流水，依然暗涌

扎尕那的石头
堆砌了大地的额头

扎尕那的石头
天空放牧在人间的星座

精卫飞过
诺言，安然在扎尕那

2017 年 10 月 13 日

我们一起说着故乡

言语少之又少
嘴唇就像两片树叶
跳跃的阳光如同童年的脚步
远方的故乡，此时
正在脸庞呈现

声音陡然压低
不要惊醒入梦的身影
我们的叙述，其实在心里
说出来的，都是无关紧要的
只在乎那心生美好的感觉

离故乡越远，分别的时间越长
想说说故乡的冲动越旺盛
从舌尖滑出温暖的气息
轻松自豪的词语
总会拖着淡淡的忧伤余音

2018 年 11 月 30 日

几朵格桑花，以及临潭

经幡在风中翻阅生命大典

牧羊人的歌谣聚向山顶

守着箭镞，仰望箭镞

绿草爬向山坡，搜集阳光

河流温柔抚摸天空的脸庞，记住了

藏族姑娘上马的那一跃

围栏与毡房相依，一盏灯目睹了所有的温情

山谷里，僧人走在前面，安详紧随其后

这个叫临潭的地方，托起高原

把静美铺在路，洒向青稞地

阳光种植在心里

脚印里，当下与期待拥抱在一起

格桑花，几朵格桑花站在半山腰

高处是羊如水的眼睛，低处是羊快乐的舌头

传说一路走来，在老人皱纹里翻山越岭

孩子收起顽皮，盯着经筒发愣

三五个旅人从门前闪过

他与他们之间，有一个窗口

2017 年 12 月 19 日

高原的六点或临潭的潭

夜晚的雨，又为深潭
送入了多少明示和隐喻
有关飞翔的失落，以及黑暗之光
心跳与时钟并不同步
石头，最终还是被岁月推下山

在高原，想象依然是想象
而当临潭成为地名后
水里，一棵树披头散发
灵魂渐醒，浑身的骨头被
洗得闪闪发光

我坐在窗前，就像
临潭而立，清水里的身影一片模糊
此刻，我就在远方
当异乡成为故乡之时
是不是意味着
双脚可以同时踏进两条河

2020 年 8 月 30 日

临潭时间

走进高原之上的临潭
恍如回到故乡
三年时光
不短也不长
就像脚掌到心的距离

以脚步和目光
与许多山交谈过
所有的日子都藏进白发
结识了许多乡亲
和我老家亲人一样的纯朴

蓝天在格桑花上的水滴里
每个水滴都是那些和善的眼神
离开时
我带走了临潭
只留下临潭的潭

2019 年 10 月 9 日

临潭望月

当临潭是甘南的一个县时
沉默在左，孤独在右
中间有我，月光是夜晚的秋风
漫天的黑色，人间唯一的脚印

在高原，一潭清水是月亮的怀抱
高原之潭，老屋后的池塘
我临潭而立，鸟鸣花语静寂这个中秋
曾经的远方在胸前起伏，家乡成了我的远方

青稞酒，桂花酒，都只是
愁绪调和成的液体
心里的温度，烈性总是例外
歌谣里，万紫千红

月光迷茫了淡定的眼神
月亮来到人间，再甜的月饼也逃不过苦涩
我没有在高原之上凝望潭中月
我把自己站成了一汪潭

2018 年 9 月 24 日

走在一条街的前世今生

你的每一个脚印，都和命运有关
万物汇成河流，你是一片随波而逝的叶子
街道没有发出邀请，也从未期盼
你来，是你与时光的约定
小城边缘的这条街道，小船泊在码头
岁月雕刻容颜，阳光与当下一同漫步，风不知所措
你弯腰紧紧鞋带，收藏山谷里的随性
重回人间，天空还是那样湛蓝，无言
梦转身离开，背影丢在阳光里，有些茫然，失落
双脚迈得比记忆慢，双手交叉在小腹前

店铺坐在两旁，沉默中恍惚
汉隶招牌下，铝合金的门窗万般荣耀
青年店主的身后，一条条门板，深沉的表情，清瘦的身材
流行音乐钻进老人的耳朵，白色胡须不为所动
一辆摩托车，人流中的鱼，和雕花梳妆台一起游动
孩子们在挑选电动玩具，实木的柜台，龙凤呈祥
身穿藏袍的姑娘，正在镜子前试戴棒球帽

青花瓷的花盆里，格桑花诉说草原的味道

洁白瓷砖注视青砖黛瓦，卷帘门与方格窗若即若离

你，左手握手机，右手甩在明亮与阴影之间，或黎明黄昏

一间木房的店铺正在拆除

一间洋房式的店铺正在装修

一间仿古的店铺正在兴建

皮鞋与千层底的布鞋，都在阳光下打盹

那个老汉，打火机点着水烟锅，耳朵上架着水晶眼镜的腿和

蓝牙耳机的胳膊

一条很短的街道

你走出了千年的感觉万年的呼吸

你打翻了一杯酒

粮食扶起酒杯，幸福，忧伤

两个你，一个在前，一个在后

2017 年 11 月 1 日

白石山

无论四周的大地风物如何变幻
它总是一如往常的白
五颜六色的味道
总是没有盐味醇正

夜幕沉重
闪亮的牙齿，撕咬黑暗
还是在嘲笑
天地无助的沉默

无数的利剑直刺苍穹
逼退太阳的光芒
或许，它只是大地的额头
堆满人间的沧桑

其实，白石山
是一个男人满头的白发
在它面前，冶力关的冶海
天使落在人间的一滴泪

2017 年 12 月 30 日

板夹沟的火焰

冶力关镇西边四公里，板夹沟走在深山里
我和板夹沟一样宁静
冬天的阳光在沉睡

朽木横卧，流水成冰
少有人惊扰，这里还是大自然的清纯
我是心怀敬畏的闯入者

寒风中，树皮变得火红
红桦树一身的火焰，在沟里奔跑
燃烧冬天，以及我

这是红桦树对待寒冬的态度
我要回到人间
带着这自信激情的火焰

2017 年 12 月 25 日

冬天的冶海

骄傲的阳光，在冰面上停下脚步
这里像天空一样
湛蓝中，那些冰花比白云更飘逸
人们称之为冶海冰图

冬天凝固了太多的激情
群山都迈入了苍茫
冶海的水，冷峻地书写
把有关河流的暗语呈现在图案里

最费解的神秘，不是隐藏
而是让人清晰可见，又难以参悟
冶海，在冬天的肃穆里
激活了内在的神性

小心地走在冰面上
每一个脚印都在颤抖
我们都是观众
胆怯，在坚实的冰上真我表演

有一个瞬间

天地间因一种声音而沉默

来自冰下水的呼唤

低沉，悠远

像世间的任何一种动物的喊叫

又不像任何一种动物的喊叫

该是万物徘徊于秘境里的美妙与恐惧

无法描述，只有灵魂才能表达

冬天的冶海

以纯白安放一个巨大的阴影

神一样的存在

我们如同跃出水面的鱼

2017 年 12 月 24 日

今夜，月光照高原冶海

我说不说话，不重要
夜晚来临的时候
格桑花怀抱最美妙的语言入梦

这时，月光等来自己的时刻
石头旋转起安详的脸庞
光亮与黑暗并排站立
我的梦被掌纹缠绕
静谧里，灵魂的声音在行走

高原低下头颅，像成熟的青稞
止不住欣喜的，是冶海
与月光深深相拥
世界摘下面具
绽放时光的玫瑰
一枚树叶在水面走出春天的记忆

其实，万物都已静止，只有
月光伸出手，在冶海里找寻心跳

我把月光和冶海裹进衣服里

身体里的高原正慢慢苏醒

我迎着一棵树走去

身后，轻雾正在讲述人世间的表情

2018 年 1 月 3 日

冶木河

山中小镇的这条河叫冶木河
很长时间，我都不在乎这个名字
只是说，冶力关镇的那条河
我喜欢站在桥中央
河的两岸只是两岸
没有此岸与彼岸
我想成为第三条河岸
远处的民居一派江淮风情
可这里羊儿的眼睛里
格桑花在引诱蓝天白云

所有时间的肉体都沉默不语
所有色彩的舌头都失去味觉
所有狂欢的脚步都软弱无力
我只能左手抚着栏杆
我的右手丢在了身后的春天里
我没有手向河里扔石子
只能恶作剧地把一堆记忆砸向水面
冶木河给我的是

明天清晨我的心跳

还有昨天那痛击我的想象

冶木河

我希望在夜晚走近冶木河

光影暧昧　小镇像不谙世事的孩子

此时，下午的四五点钟

黄昏还在赶来的路上

岸边的　是不是我

我不敢确定

水边的树正在用根须刺探河流的秘密

这个小镇的七月是温和的

同样温和的阳光潜入水里

打捞我的身影

2017 年 7 月 16 日

醒来的冶木河

灯光在睡去，孤单的夜行人
双脚像踩在棉花上
肉身贴着现实，心已经进入梦境
夜色滑落，如同一位厌世者
世界耗尽了所有的激情

没有征兆，冶木河醒了
水声让夜晚更加安静
逝去的，纷纷归来
两岸碧绿的垂柳，逃离色彩的纠缠
与阴影一起，成为夜曲的无声部分

醒来的冶木河，苍白丢在山脚下
水专心地流淌，桥不动声色地注视
没有来由的恐惧，攻陷期待的小花园
一个故事，一首歌
在岸边寻找不爱说话的石头

2018 年 5 月 25 日

莲花山，一座巨大的灯盏

坚硬的石头，盛开一朵莲花
时光托起绽放
在斗转星移的缝隙写下
永恒

大地最坚固的肉体
柔化众生的目光
莲花山，以静止
显示人类之外的另一种时间

这傲世千年万年的花朵
是在等一个人的到来
还是在期待一本经书的打开
这是风才能知道的秘密

事实上
在这个叫冶力关的地方
莲花山，是一座巨型灯盏
人世间的善念，是它的火焰

2017 年 12 月 29 日

默守，黄涧子的隐秘

牦牛专注地与绿草交谈

在大地上摆放一个个逗号

草地与森林清晰对话

模糊了牧人的想象

只有风

熟知动物的洞穴，声音的足迹

对于天空而言

一切都是凝视的倾泻

大地举起蓝色的碗

虚无至洁净

路无声地奏乐

蜿蜒幽居的通达

纯洁的魅惑，透亮天地人的情怀

凝神仰望苍鹰的盘旋

岁月坐在小溪边，乖巧而安详

收集泉水的空灵

流水带走所有，只留下影子的沉思

这一刻，辽阔被拉长

峡谷眺望河流的方向
石壁上的树，聆听曲折的温存

林间的阳光，迈着碎步
树枝捧着无数裸露的翅膀
落叶与树根对坐饮茶
时光抽去所有的故事，静心相陪
忽隐忽现的男低音
托起森林的脸颊，无人能见
林间小径迷失脚步
心魂越来越清澈，回到家园
寂寞的空间里，孤单是一种心境
没有一丝孤独

苔藓记住了一切
一年四季温润忧伤
人与自然互为巨大的陌生
地上的石头滑润，掩不住羞涩
峭壁挺拔傲世的雄性
黄涧子，不再是一处风景
人，也只是这万物中的一声呼吸
每一次的心跳，都是自我拯救
珍贵的存在，连同星光
缓缓地拥来，不需要讲述

2017 年 12 月 24 日

你的赤壁，我的幽谷

小镇附近有一处丹霞地貌
粗糙的砂砾如我的脸庞
格桑花开了谢，谢了又开
你咬着一根不知名的草说
你的赤壁，我的幽谷
这时，我想起了
家乡被夕阳燃烧的芦苇
血色的河水染红了我眺望的目光
我说
你的赤壁，我的幽谷

春夏秋冬，四季轮回人间沧桑
我们的不变是变的骚动
赤壁的变是一直的不变
我们在红尘里起伏喘息
这天地间的红颜
守护幽谷的前世今生
来世，还是众生心头的一团火焰
我们穿过小镇来到这里

谁是谁的过客

那座木桥在怀念树的岁月

我在说赤壁幽谷

你却说冶木河的水来自冶海

可冶木河只是冶木河，不是冶海

我只能说红色的容颜不是红颜，正如

黑夜，其实是另一种白天

那些如刀刻的石痕

是风的家园

我们相扣的十指

此时密不透风

但时光可以轻易流过

2017 年 7 月 16 日

牛头城

每逢大地泛绿
总有几株巨型庄稼傲视遍地青稞
目光投向四周的村庄
秋收时节，这些是巨型的草垛
金色的歌唱铺满人间

无论如何变幻，从天空俯瞰
一只巨大的牛头安然卧着
岁月之舟搁浅在记忆的码头

从远处观望历史的遗迹，一座城的废墟
时光走在自己的家园里，旁若无人

这里一切都是凝固的
残骸收留往事的声音和思想
孤独聚集，守护岁月的神祇
回不去曾经，变不了石头
把遗忘托付给风
死去，风早在尘土中死去

庄稼年复一年地生长
诉说轮回，演绎重生
山坡上嚼草的马，没有铁掌，没有马鞍
目睹一切的河流，已经干涸

残垣断壁还在消瘦
掉落的土，回到早已陌生的故乡
里面的土，不知世事沧桑
还是那时离开大地的心情

时光就这样让一层层土老去
直至一切消失
让大地上一无所有
除了时光之手

牛头城不寂寞
注视一代代人轮番上场和退场

2017 年 12 月 10 日

洮州卫的土城墙

大地就这样站在我面前
和我一样的肤色
那些扶起黄土的人们
早已化作了黄土
乡愁在墙根长出草
一年又一年地仰望墙身
曾经清晰的手印
由岁月化作风的叹息

墙内是边塞小城
墙外是高原上的群山
足够遥远的地方，我故乡的老屋
也是这样的土墙
还有与这黄色一样的大海

我在现实中抵达了梦想以外的地方
你把辽阔站成了向上的沉默

霜雪雨水，血泪热汗

在你心里流成了河

可此时，你依然接住我的泪

别让别人知道我在你面前哭过

远处的马蹄声，近处的呐喊声

踏在羌笛的悠长之上

我在你身上寻找箭伤

你在我脸庞寻找波浪

我把沧桑碎为尘埃，你把尘埃压成城墙

我在漂泊中走离故乡，你在寂寞中堆砌时间

你使时光变得强壮

白天黑夜在你的头顶相聚离别

你让，闪电是闪电，彩虹是彩虹

黄昏带着朝霞的梦一路苍茫

我就这样站在你面前

近了，喘不过气；远了，影子够不着你

我把我的眼睛从你身上挖出来

杂乱的掌纹纠缠在沉重的呼吸里

天空飞过一只鹰

一群羊从你我之间走过

那只小羊的叫声甜得像山泉
我才发现，我把我的影子挖出了一个弹孔
那就让我忧伤一会儿吧
我不需要你的抚慰
因为，我这是在向你致敬

你是一面铜镜
里面住着湛蓝的天空，但
照不见我，照不见这城里的人们
你坐在记忆之上，走在故事里
注视旷野的豁达粮食的忧伤
我手里的鲜花已经老去
一场雨后，你还是那样柔润

我转身离去时，墙头的草籽飞落在肩
你幸福地掩盖了我的脚印
我合上历史的折扇，撑起江南的油纸伞
长江在我左臂，黄河在我右臂
布谷鸟的啼叫拽起我的头颅
我走过小巷，走进人流
走向比远方更远的远方
缝合天地的地平线，仿佛木匠弹出的墨线
更像美丽姑娘迷人的唇线
这不是开始，也不会是终结

2017 年 10 月 21 日

城背后村

城是明代洮州卫城，江淮风情
在高原走过六百多年的乡愁
在土城墙上，在众生的身影里
城背后的这座村庄
注视城墙上的草孤独在风中

时光在墙根，再多的雨水
也没能打湿额头
不远处的海眼终日收留忧愁
水中树的倒影，一根根枯瘦的肋骨
与人间无关

在城外，为城里人守水
卑微的身份擎起生命的高贵
身后山上西晋王朝的洪和城墙
更像岁月永恒的背影
城背后村的儿女，也曾是城中人

2019 年 9 月 11 日

池沟村

村口小桥流水
长度仅两米左右，真正的小桥
水从冶海天池一路而来
带着阳光的声音，以及孩子般的清新
从不停留，如同向往美好脚步

走在村里，就像走进一幅画
那些鲜艳的色彩，黑白的诉说
日夜，和眼睛里一样的黑白
遇见的每个人，都是亲人
那个顽皮的男孩，我的童年

蜜蜂站在花朵上
窗台上的鸟儿正梳理羽毛
此时看不到炊烟
故乡，以及想象里的乡村
在小路拐弯处，或从虚掩的门里探出

2019 年 9 月 7 日

党家磨

作为地名的石门在岸上
被淹没的石门金锁，与
太多太多的往事归于沉寂
轻轻呼唤石门
感觉浑身湿漉漉

这个叫党家磨的村庄
一半在地面，一半在水里
诗人花盛手指一处水，平静地说
我家的老屋就这那下面
时间在指尖跳跃

遇见几位老人，村庄的旧路
刻在他们的脸上
天很阴，党家磨人和树
都没有影子
水边的一块石头，呼吸有些急促

2019 年 9 月 4 日

红堡子村

墙不是纯正的红色，倒像
凝固了六百多年的血色
家谱是本新的小册子，纸张还是
无法脱掉大地的土黄
多少人的面孔浸于其中

因为这座红堡子
四周的土地有了村庄这个家
有些故事不需要讲述，正如
莫大的伤悲，从没有哭声和泪水
石头的尖叫，只有石头听到

田野上，过去是士兵
现在青稞就像无人看守的箭
深深浅浅的沟壑，好像遗弃的马鞭
可以听到水声，是的
红堡子村民身体里都有一条河流

2019 年 9 月 11 日

侯家寺

侯家在村后的山上
必须穿过人间的烟火
必须从老人和孩子面前走过

低头盘旋上山
心中的时针，被山路拨动

山不高，离尘世尚近
可以看清每个人的眼神
寺里无钟声，一本经书正在打开

2019 年 9 月 25 日

庙沟村

庙沟村，在镇与村之间
名字，成为村庄唯一的存在
房屋讲述怀旧的故事
在青山和小河之间
来来往往的人们缓慢了时光

如果这还是村子，那么
已经住进了每户人家
餐桌，成为新的庄稼地
农民现在是农家乐的主人
做自家的饭，招待远方的客人

没有什么古老，树叶上的阳光
总是如青春的表情
不需要回忆，或向往
庙沟村的乡村味道
会缠绕每个人的目光和脚步

2019 年 9 月 11 日

庙花山村

晨光刚从山顶苏醒
就擦亮了村庄里每一朵花的呼吸
行走，不一定是
为了追逐，为了回家
燃烧，火焰可以与羽毛相拥而眠

走在花海里，花香是
唯一的目光
群山，青稞，以及白墙青瓦
默默凝视，其实不存在
山中小村庄，硕大的花朵

叫花庐的客栈，城市
成为庙花山村的一个角落
不是故乡，也不是远方
只是，来过之后
生命从此在牵挂中流浪

2019 年 9 月 10 日

磨沟村

田间的一条小路通向磨沟村
有没有人走来走去
该发生的一直都在发生
记忆和愿景共同在村口等待
树叶上耀眼的阳光，如片片雪花

那些墓坑是在风中走失的眼睛
真正辽阔的，不在向上的天空
在身后，在大地内部
浅浅的，空荡荡的岁月之洞
充满无限的意义

有没有神秘，不重要
行走的人，不如命名长久
今夜的月光，如此真实
遥远的脚步梦幻了石头的当下
黑暗在黑色的屋瓦上流淌

2019 年 9 月 12 日

千家寨村

在千家寨堡子面前，千家寨村
是个孩子，一代一代都是如此
谁能从斑驳的土墙上
看到隐藏的微笑
村里老人眼里装满言语

高墙落下的影子，是
村里那些路的一部分
树上的每片叶子，都在
为远在他乡的人探路
无论何时，总有敞开的门

高原上的村庄，离天空更近
更深植大地
收割完青稞，人就成为
田野上唯一的庄稼
岁月里，唯一的主人是：遗忘

2019 年 9 月 12 日

秋峪村

不要向连绵大山打听
到秋峪村有多远
从路边一闪而过的野鹿
惊慌的眼神和身影
我们心底沉睡多年的一个梦

新修的水泥路，告别了泥泞
孤独，仍如杂草在疯长
这里，倔强的是距离
时间与风坐在一棵树下
清点疲惫和迷茫

不知道，村庄是长在山坡上，还是
暂时休息于爬山途中
鸡叫与鸟鸣，擦亮炊烟
这一瞬间，生活是如此真实
而我的身体在人类之外

2019 年 9 月 11 日

日扎村

山不叫山，叫草场

绿色如大海，白的羊，黑色的牦牛

咀嚼人间的忧伤

陌生的眼神遗落在山脚的风中

孤独的明城墙，失去了边界的意义

这里是时光的领地

老人额头印着山谷的模样

岁月在门前屋后徘徊

村庄里的小路与大山对话

青稞地隐伏尖叫，与灵魂为伴

日扎，藏语意为城垣外的村庄

城早已经沦为废墟

村庄默念永恒，在众生的呼吸之外

每个名字都有光泽

2019 年 9 月 9 日

牙扎村

古旧的戏台前，玩耍的孩子
是本色演员，也是自己的观众
曾经山上的生活
有时会拉弯老人的目光
只要是路，就会收藏许多脚印

山与山之间
有座村庄，有一条河
村庄与河都是从山上而来
那些飞翔和鸣叫
都带着枝叶有温度的颤动

不是彩虹落到人间
生命的暗示铺在路上，曾经的泥泞
渐渐走入传说，木栈道
静静地守候牙扎村里的炊烟
期待美好一路前行，并覆盖记忆

2019 年 9 月 10 日

朝向三岔的风

古老的阳光，需要多么的漫长
才能来到三岔，探望
这个在深山中的乡村
擦拭千百年故事的眼睛

风从三处涌入，每一处都是世界的一角
翻动静默的传说
虎吼，狼嚎，大山的仁厚
与风达成从不示人的协议

这里是独居的大海
风像鱼一样生活
三个方向，太多的选择
自由是永远无家可归的孤儿

也许，三岔只是人们走出大山
对路的向往，渴望有多条路
我没有找到三岔的路口
这是幸运，还是沮丧，风没有回答

2017 年 11 月 28 日

从洮阳走来的城关

总有一些时光难以忘怀
马背上的凶悍骑士，一头栽下
故事长久站在风中
牧羊人扬起鞭子，把阳光搂进生活

一座城池，如同一个家族
根，有形，或无形，总坐在远古的源头
毁灭或再生，持续或断裂，灵魂一直在
我们总得与往事同行

这座城，从洮阳到城关
经历了无数的命名，刀枪是书写者
烈风与寒风，坚硬或柔软了大地
血脉偾张，也逃不过逝去的宿命
所谓古老，就是死去的现在

所有的拼杀，都是为了安乐
而时常把悲怆带进欢乐
比所有的拼杀都勇武

我们必须回望，但要一路向前

只能一路向前

2017 年 12 月 3 日

古战，走过想象的现实

一匹马的嘶鸣
历史的纸片吹起风尘
一头羊的执着
咀嚼牛头城的寂寞

在青稞地欢喜的镰刀
是否还记得祖先舔血的悲怆
月光落在时间上的光泽
一半是金属，一半是绸缎

这个地方叫古战
这个地方叫古尔占
这个地方叫牛头城
词语，让我的想象更加饥渴

我在现实的古战
古战的想象里有没有我
遍地的绿色里
远去的马蹄声与疲惫的马蹄印相依偎

2017 年 7 月 13 日

嗨，店子

喊山的嗓子，已经被旷野磨亮

能劈开挥之不去的沉闷

不再想轻言细语

张口，就让世界遍地嘹亮

那些悄悄谈论的爱与温暖

暂存在金黄的叶子下

放下肩头快要下雨的云朵

明天再和快乐的人说说忧伤的故事

用酒壶泡进温柔的绿茶

继续品尝生活的味道

店子，嗨，店子

我喊出的店子，不是临潭县一个乡的名字

店子，嗨，店子

这样喊起真痛快，尽管我不知道为什么

2017 年 11 月 28 日

流顺的时光美学

最初，这里叫刘顺，一位明代军士的名字
现在，他的后人还住在他修建的红堡子里
岁月打了一个呼哨，他的名字回到家族内部
永恒的巨石，终于掉落一块碎片

许多小小的城堡潜入时光皮肤里
民房，庄稼地开始登场
战马，一匹又一匹倒下
一棵棵树围着村庄，泰然自若

谁也不能一直疾走如飞
风和鹰都会常常栖息枝头
时光，就是用来变幻的
有没有世界，都是如此

日常生活中，历史是睡在破庙里的乞丐
生活就是生活本身，与其他无关
流顺，如指尖轻轻按在唇边
词语，在微笑自身的意义

2017 年 12 月 1 日

深山卧羊沙

猎人的枪声，苍鹰的尖叫
山谷变换人间的意义
一棵老树梦游于黑色森林
闪亮的叶片隐伏爱的怀抱

蓝色的羽翼飞入漫游者的梦
我在紫色的语言里观望
羊沙乡坐在酒的光阴里
牧人的心头火花四溅

仰卧，天空是胸膛
俯卧，大地有了温度
侧卧，大山开始转身思考
卧的姿势，一杯酒的前世今生

最好的律动，是羊沙这一词语的问候
梦想，在山外的远方
纯净的灵魂呼吸月光的微风
我在期待雪花与一盏灯的相爱

2017 年 11 月 29 日

石门：金钥匙给了谁

锁住水的缠绵，锁住山的渴望
爱恋在河滩上痴情守候
幽谷传来的歌声
催熟了满山的野果

星星在月光里熄灭
灵魂在昏沉的大地上醒来
石匠对视石门
大大小小的石块掉入如水的目光中

敞开的大门
不属于我，不属于你
神是唯一的守门人
我们是石门永远的陌生人

石门，石门，门板去了哪里
我要找到钥匙
关严天地
把我的心跳你的呼吸锁进山的记忆

2017 年 12 月 2 日

洮滨，我想去的地方

我熟悉河水的奔跑
青蓝，青绿，那是我原先的肤色
记忆潜入河流的思考
天空之城只留下空虚

洮河仿着群山的合唱
水花如一群白鸽舞起高原的翅膀
洮滨头枕涛声，呼唤庄稼的成长
喧嚣在这里停下脚步，静若处子

我看见了家乡的大河
村庄，和我的乡亲
模糊我双眼的是那炊烟
任何地方的炊烟，都会牵我的手

狂吼乱叫，孤独了温柔的童谣
卷在骚动里，其实是为了寻找平和
洮滨这样的宁静之地
可以让巨大的困惑转身

2017 年 12 月 4 日

王旗：遥远有多远

听说，明代分地时插旗为记
这就有了王旗，陈旗，张旗
如今地还在，名字还在
小旗化在人们的念想里

更远的时候，王旗是齐家文化兴旺的地方
现在的齐家文化遗址，让我们看到了晚石器时代的痕迹
有存在的，就有消失的
庞大的齐家文化，走进了历史的谜团

我们与大地朝夕相处
大地，离我们最近，又最遥远
大地上的人们，终将成为过去
成为大地的一部分

祖先，已在大地深处
我们的灵魂都无法抵达
祖先，就在我们的血液里
总有一天，我们也将走进祖先的行列

2017 年 12 月 3 日

想起术布时

术布是安静的，山谷的河水仰望

山顶的箭镞，无声地传递隐秘的问候

经幡走在阳光的心窝里

地上的影子就像众生的脚步

江可河寺，在晨光的安详中

村庄，在晨光的安详中

诵经声与炊烟一起

成为巨型天空的一部分

当我想起术布时，高原与雪山向我走来

牧人的歌声

从起伏的牧场飞向平缓的庄稼地

山坡屏住呼吸，敞开胸怀

风贴着大地，感受厚土的稳健

术布总是在那儿，被命名为临潭县的一个乡

日夜默不作声地跟着我的记忆

我时常想起术布，其实是
想多听听灵魂平静地讲述时光的故事

2017 年 11 月 30 日

新城，或洮州卫

你刚过五十，已被人称之老张老李
六百多年的洮州卫，还叫新城
在时光的庞大身影里
我们学会了夸张缥缈的瞬间

在悠久的存在面前
一切都如初婴
老城墙打了个瞌睡
人已走过一生

因为有座老城，洮州卫成了新城
一切都被时光锁进囚笼
我们可以打碎所有的秩序
唯独挣脱不了时间的捆绑

年轻，或古老
回来，或走开
其实都只相隔一步，就看你
是校对时间，还是握住灵魂的钥匙

2017 年 12 月 2 日

羊永，一种意象

你完全悟透喧嚣之后

就能在羊永，与寂寞的美相遇

你深切理解孤独的虚弱之后

就能在羊永，沉醉在自己一个人的脚步声里

你走在自己的人间

目光穿透一滴水

丰盈的灵魂坐得如此安详

日子越来越饱满，大地越来越简洁

那些朦胧的想象里

青绿的山川清晰一首歌的身影

一个孩子，蹲在小溪边

身后，一只头牛用角挑起夕阳

含蓄的山川，走出人间的隐喻

你在羊永乡，寻找那头羊

山坡上的一群羊，是条河
走入溪谷，一群鱼在清泉中嬉戏

2017 年 11 月 29 日

长川：高原行吟诗人

向上的高原，垂下眼帘
蓝色的表情，梦幻绿色的诗行
山，在山的怀抱里
路，走在路的心情里

山川，在曲折中漫长
河流，在行走中迷醉
云朵，枕着云朵畅想
我在路的尽头，捡拾散乱的文字

长长的山川，铺满短暂的恍惚
温柔的河边，一位姑娘唱出青春的光芒
威猛的汉子
也有千回百转的思念

杨树，高挑向往的阳光
琳琅满目，梦已不是梦
给我迁徙候鸟的翅膀
我在长川舞动你如水的衣袖

2017 年 12 月 2 日

卓洛，我想描述你

来吧，卓洛，让我描述你
姑娘豪爽，你为什么害羞
风在山里穿行
片片树叶，含着岁月的恩赐

长明灯，草木的阿拉神灯
荒原走在爱的光亮里
我在那棵树下
啜饮你酒窝里的绯红

淡蓝的湖水在月亮之上
月光流进目光的黑白里
你的彩色，琴弦上的指尖
快乐，从虔诚中归来

也让描述记住你我
书写向描述端起一杯酒
醉了众神的眼睛
你的面庞，滑下一片清辉

2017 年 12 月 2 日

醉八角

阳光还没有照到的地方
花香已经献给炊烟一个吻
村庄，这瓶老酒
迎来了年轻的调酒师

花朵像风一样在村落里舒展
引来庄稼、草垛和狗的嫉妒
山谷在人间烟火里，醉入温柔乡
黑暗里坚硬的高原风也止不住轻吟起来

格子窗上的剪纸，听着花的娓娓絮语
金色的声音等待被拥抱
庄稼地戴着硕大的花环
向天空投去醉意的目光

种花的那个人
扛着锄头走向青稞地
他是八角乡的村民
黄昏归来时，他走成花海里的一条船

2017 年 11 月 29 日

山中小镇的时光

那些流浪的沉默

推开无人看守的花园

山中小镇的时光

缓慢流逝，让幸福

措手不及

树下

我看到阳光的声音

水边

我听见水草的愉悦

指间的香烟

被寂静的时光打湿

我向我走来

反复唱着那首歌

故乡的炊烟在伴奏

路的尽头

一个孩子在回忆他的童年

来这里，不需要理由

正如

找不到理由离开这里

2017 年 7 月 21 日

我在冶力关

炙热的皮肤召唤我来冶力关

这个山中小镇，用清凉温暖我的情怀

冶木河的光影

让我清醒地滑入梦境

我想捉住山谷里游动的鱼

月光与月光之间

一个孩子的笑声

淹没刀光剑影

我向空旷的夜空

展示满手的片片鱼鳞

我说过冶海是女神落在人间的一滴泪

可我找不到忧伤

那些岩石、根须，还有那牛角

迷失我的寂寞和孤独

如果有一场大雨

那些台阶会映出我的虔诚

我想我应该去常爷庙

寻找古老的词语

从飞檐上
取下如潮汐的挚爱，以及
晕沉沉流浪的我

所有的行走都是一种仪式
所有的追寻都在找回自我
我在我的世界里
冶力关，是我的记忆
我在，或不在
这个山中小镇总在诉说那柔软的时光
我想起了家乡的海螺
还有海水里摇曳的月光

2017 年 7 月 15 日

冶力关之夜

白天走进夜的怀抱
终于握住梦幻，现实并未消失
灯光在冶木河里讲述未来的故事
树影参与模拟某些细节
夜空之象开始茫然

所有的喧嚣，连同群山的行走
都在参悟沉默的隐喻，此时
冶力关小镇专注于静美的酿造
背靠背的一对情侣
头顶拥有同一轮明月

风把书中的文字推至桥头
那些紧闭的窗户，其实都打开着
真正的明亮，站在心头
冶力关之夜，这巨大的披风正缓慢展开
等待与时光私语的那个人

2018 年 8 月 19 日

路过冶力关的一片油菜花地

与这片油菜花地相遇
我很意外
高原面露欣慰
从现在起，山泉也有小桥流水的雅致

我是油菜花的陌生人
这是我家乡的油菜花，很熟悉
打个招呼，声音绕了一圈
回到我的唇边

我的声音，让我惊喜
油菜花依然和蜜蜂闲聊
我看看四周，确信
这里是高原，是冶力关

高原上总有许多奇迹
油菜花不是，我的发现也不是
有朋友说，高原一直有油菜花
我认为这油菜花是家乡的，算一种奇迹

2018 年 1 月 4 日

风过冶力关

途经赤壁幽谷
褐色的岩石潮红了风的脸
千年的守望，万年的信仰
不灭的心魂火焰

到黄涧子的森林里休整一下
捕捉一些大树的私密
捎带上细微植物的梦想
风的步伐增添了不一样的渴望

跃过冶木河，不停留
径直扑进小镇人们的怀里
炊烟与彩虹一同离开
到十里睡佛那里参悟梦的禅意

到达白石山的风
与这些苍白的石头一样抬起头
想象鱼从天空飞过
莲花山，谁能捧起这朵莲花

坐在天池冶海边
风，开始心神不宁
水下有太多的神秘
但，风不知道自己会不会游泳

多年以后
风已忘记从何处而来
路过冶力关
又好像从未离开

2018 年 1 月 14 日

东台味道

想起美好，就会想起
潮湿的海风拥进河面上的轻雾
麦田里与乡亲的腰一同直起的目光
树梢与白云模仿棉花的模样
稻香和小狗蹦跳在回家的路上
公鸡的打鸣揪着沉睡的耳朵

想起美好，就会想起
乡音里闪亮的羽翼
渔夫的渔网罩住朝霞的绯红
大路小路旁笔直的树
炊烟坐在村庄的屋顶之上
范公堤上空飞过的鸟群

想起美好，就会想起
陈皮酒的羞涩诱惑
鱼汤面的悠长缠绵
萝卜大蛏的纯色记忆
麻虾那渺小里的宏大

青菜豆腐汤里淡隐的甜

东台味道，寄宿在额前的风景，唇边的时光
东台的小吃，我很喜欢
最常想起的，还是那些年汽车站门前的粥铺
踏上家乡的土地，一碗粥，一碟小菜
漂泊的苦楚，仓皇而逃
我这才真正回到人间

东台味道在东台，也在我血液里
离开家乡，走到哪里
我都是东台味道的纯正调料
我可以创造一种美好
比故乡更鲜亮，更醉人
但那永远是故乡无数梦中的一个

2017 年 11 月 27 日

清晨的池塘

公鸡打鸣的最后一声有些沙哑
池塘里的雾慌张逃散
水越来越亮，越来越清
有些芦苇的叶子受不了雾的聚集
垂下来，探进水里摆弄树的倒影

夜里的一切，在另一种宁静里走开
早晨，站在两样的时光中间
我们全然不在意那些消失的物事
几只小鸟从芦苇丛飞起
一片羽毛飘在晨光里，像美好的回忆

一夜长出的青苔里，有许多无言的故事
翠嫩的模样，让人不忍下脚踩踏
掬一捧水，喝一小口
然后，泼到睡意蒙眬的荷花上
这个清晨，我的身体里有一个池塘

2018 年 6 月 19 日

朱湾

一个村庄可以有多少名字
朱家湾，朱万，建胜，新舍
我无法枕着这么多的名字入眠
屋后那棵槐树，从没有名字
门前的那条河，我从没想过叫什么
村头的那座桥，一直都被唤作桥

我想念树上的鸟窝
我想念路边的小草
我想念温婉的田埂
我想念河里的小虾
我想念村庄的过去
只让一个个名字无所事事地游荡

这些名字与我无关
我只记住晒场上草垛的柔软
我只记住麦地里麦茬的尖锐
我只记住炊烟里呼唤的渴望
我只记住芦苇间歌唱的柴雀

我只记住桥上那少年的目光

朱湾

我在村庄的过去里醒来
我在村庄的现在里迷失
我站在那个少年的背后
少年，是我的少年
我是少年的陌生人
回忆，成为我仅有的朋友

我的沉重靠在我的肩头
我的虚空站在我的身旁
逝去的亲人们
你们的村庄可有名字
我只会记住眼前的村庄叫朱湾
多年前，爷爷告诉过我

2017 年 11 月 27 日

洋中

偌大的一个村庄，洋中
只住着两户人家，大舅和二舅
外婆与二舅家一起生活
我从不认为这村里还有别的人家
洋中，这个名字对我
没有任何意义

是的，洋中不在
江苏东台的地图上
只在我的胎记里
外婆家，这唯一的命名
是母亲唇边的阳光
摇曳我的目光

一条河，一座桥，一段
庄稼地挤成的路
梦里梦外相同的景象
外婆家，是我的乐园
我不明白，为什么

外婆总是那样慈祥　　　　　　　　　　　　　　　　　洋
　　　　　　　　　　　　　　　　　　　　　　　　　　中

村庄还在，外婆与我的童年
一同远去
从此，我发现
这个村庄原本就有无数的人家
没有了外婆
这个村子叫，洋中

　　2018 年 3 月 13 日

三仓河

故乡有条河，叫三仓河
童年时，这条河在梦想抵达的地方
乡村的孩子在门前小河里扑腾
心里想着大河的模样
三仓河，向东流入大海
那里是太阳升起的地方

走过村头的桥
走过海一样的庄稼地
小镇的繁华，忧伤了少年的心
哗哗的流水，欢快了少年的脸
目光缠在船头，不知是
向东去看海，还是向西去那个叫东台的县城

码头上人来人往
码头下青苔守住时光
在一个无人的岸边，把自己站成一个码头
水里的鱼儿，游在波浪之下
游在河流的秘密之上

河水带走了心跳和一盏灯的微笑

飘来一朵桃花，似羞红的脸庞
水草纷纷仰望
两岸的庄稼拥挤过去
冷落优雅的炊烟
黑色的燕子飞来黑色的闪电
一只小羊吻着河水的表情

不知从何而来的三仓河
大海，是它的归宿
在外的游子，知道起步的地方
但永远看不到尽头的前方
夜深人静的时候
三仓河在身体里安然流淌

2017 年 11 月 26 日

龙干桥

跑步经过龙干桥

我不关心河水的命运

只在意脚步的河流走向何方

有时会在栏杆上压腿

坚硬的水泥柔软我的韧带

水流声敲打梦想的节奏

桥下的河叫龙干河

一条龙与传说拥抱在一起

桥头与桥尾相望

锁住龙的躯干，把希望抛给对方

我站在桥上

感受成长在风中微颤

高中三年的每一天早上

我在黑暗中跑过龙干桥

我在晨光中跑过龙干桥

日复一日的长跑训练

穿越夜晚与白天

桥，不再是桥，是路的一部分

这么多年，年轻的衰老了
苍老的，已经回到原初
龙干桥一直这样
没有年轻，也没有老去
我的步伐失去了强壮
龙干桥依然无动于衷

我从没有站在龙干桥上眺望
现在，我在远方遥想
心里默念，弶港农场是我成长的地方
那里的龙干桥，托起我行走的天空
我听到如父亲般的呼唤
一转身，龙干桥的神情如此年轻

2017 年 11 月 27 日

条子泥

在猕港看来
条子泥是座后花园
星星簇拥，日月轮流漫步
讲述生命，讲述
神秘的迷离与袒露
空旷与辽阔，守护小镇的生活

在渔民看来
条子泥是家门口的自留地
采拾贝类，如同收割庄稼
出海归来，条子泥好似俯地的炊烟
黄昏下，地上和船舱里
跳动金色光芒

在游人看来
条子泥是大海的故乡
脚背在当下，脚底已碰到远古的心跳
细腻的淤泥像顽皮的孩子
海水递来慈爱的目光

快乐，在这里竟如此唾手可得

在大海看来
条子泥是远走他乡的游子
总有一天会以陆地为家园
或烈或柔的波浪
那是父亲的臂膀
那是母亲思念的泪

在条子泥看来
条子泥是过去与未来的两难之地
身后是家，眼前是梦
身体上缠满愁绪
四处行走的海水
总有今生无从蒸发的盐

2017 年 11 月 27 日

黄海森林公园

在晨雾和水面之间
水草与树枝依然沉醉于梦的秘境
阳光在树冠寻找昨日的记忆
虫鸣叫醒静谧，微风
缠绵于蝴蝶的翅膀
花朵渐次绽放，无数的眼睛

一片大森林，树木挺立
一条条站起来的河流
代表大地问候天空
枝头的果实饱满
月亮的温存，太阳的热情
木桥不再寂寞

脚步慢下来，灵魂的呼吸无比清纯
林中的小路，铺满童年的想象
落叶，还在回味飞翔
卧在树影里，远处
大海的涛声，一声声呼唤

孤独已没有藏身之地

树木一排排，是琴弦，是琴键
总有歌声柔软树干的坚硬
仰望树梢上的云朵
乐曲随脚步走向草地
森林在原地轻轻摇晃渴望
默默地摇晃

从树下走过
从树中间走过
无需时间的指引
海开始奔放，心跳在田野里漫步
轻轻舒展的手指
把握住生命里的一切，一切的一切

不需要清醒，或迷茫，所有的描述
从一棵棵树的背后走来
在风雨来临前，阳光
已经在身体里长出森林
如眼前的森林一般
而，黄海还是那样的肤色

2018 年 2 月 26 日

黄海森林公园

安丰老街

这是谁遗落的竖琴
时光永远隐藏密码
我们致力于破译
密码占有了我们一生
我们走在老街
老街多了一份记忆

打开的门里，岁月沉睡
两条河流在这里重逢
它们都是时光的随从
时光，也是我们的主人
我们这些囚徒
生活，只是短暂的放风

街的一角，居然有井
井边，居然有人在打水洗菜
一位老人抽着水烟
铜质的水烟壶咕咕不停
水井，一直沉默

把古老的脸庞交给屋檐上的水滴

一群背着书包的孩子
让老街更加沧桑
阳光，照亮一些谜
拽出许多明亮身体里的影子
只有那些青砖，专注忽隐忽现的回声

此时的眼神，穿过古老的时间
但无法洞悉明天的迷雾
一切都在老去的路上
为什么那把油纸伞还依然曼妙
小巷，不长，出口就在眼前
小巷，很长，一生的时光也填不满一条砖缝

2017 年 11 月 27 日

安丰老街

西溪古镇

在海风中眺望大海
波浪跃上陆地
流尽最后一滴泪
盐在生命中漂流
绿油油的麦地
总忘不了祖先的蔚蓝

海春轩塔投在大地上巨大的身影
天空寄来的信
塔身里，唐朝的风还在休眠
渔民的目光聚在塔尖，炊烟缭绕
田埂旁的池塘羞涩而执着
深情歌唱

董永与七仙女的爱情
传说，有了不朽的灵魂
人间的真情穿上云的衣裳
西溪书院里的文字
以汉韵的律动

婉约宋词的表情

记忆守护岁月，回想
泰山寺的禅声，佛前的莲花
从通圣桥下流过的晏溪河
记住了远方的潮汐
月光坐在石板路上
聆听树影自言自语

东边是大海，和大海的远方
西溪古镇
站在东台这一高地之上
时光在此驻足
雕刻真实的仙缘圣境
一块块青砖默数人世的足音

2018 年 2 月 25 日

甘港村时间

老家就在这里
故乡在这陌生的地方迎面而来
庄稼拥着的路很宽
我摇晃的脚步，当年
田埂上的感觉回来了

乡亲们的目光，重现
久违的炊烟
我终于又可以站在小桥上
注视小河里辽阔的天空
水中的身影，不再浑浊

在这里，我遇见磨豆浆的老汉
手里竹片翻飞的篾匠
嘴里叼着鱼的鱼鹰
晃动的鱼尾，飞溅的水珠
就像村庄在与时间交谈

二层楼的房子，幽深的长廊

如同少年与老人默默相望
彩色的瓷砖与红瓦青砖
都是谁的脸庞
阳光向树叶寻找答案

来到甘港村，不需要回忆
总有一些不变的情感
在这里守候，如此不变的老家
就像一直流浪的乡愁
终于可以坐在老槐树下

2020 年 9 月 6 日

犁木街

与人们一起从四面八方而来的
还有这些面相各异的石板
呼应人类的表情，以及故事的源头
纹路和凿痕里，大山的秘密还在
雨的记忆与风的脚步隐藏至深
如同在我们感知之外的星辰大海

当年石匠的身影，一定回味过
河水的清凉，汗里的盐
让他想起孩子眼睛里的光
在凿子周围飞溅的火星，成为
他说不尽的家长里短
有人站在河边看小船划过
犁开河面，水花纷纷闪躲
就像犁开庄稼地，黑土如夜晚荡漾

房子都是想象的模样
野草从青砖缝钻出，岁月变得嫩绿
店铺窗口的姑娘，身着汉服

还是邻家女孩

笑容里，居然无声传递乡音

别吆喝叫卖，那会缠住众人的脚步

明明自己在走，却感觉

把生活酿成传说的乡里乡亲

来了又走，一个年代又一个年代

薄雾随时都在

从河面飘来，或在人们的言语间

那就看看小河里的倒影

天街，天上人间

走在犁木街，每个人都是犁

犁翻了心里那一直打结的乡愁

找回自己，拯救自己

其实很简单

一扇扇半掩半开的木门

许多的白天夜晚并肩而立

像身边的朋友，又像远方的亲人

2020 年 9 月 5 日

跋

　　故乡，是人生的出发地，也是文学的源点。诗人的书写，总会有故乡的身影和情感。我喜欢说，故乡是写作者灵魂和情感的胎记，在心灵上也在作品里，或隐或现，或浓或淡，或有意识或无意识。我还喜欢说，所有的写作其本质上都是作者生命的呼吸，都是贴着故乡的飞翔。

　　虽然人人都说自己的故乡很特别，但我的故乡真的有太多的与众不同。江苏，南方与北方共处一省。盐城，全国唯一没有山的地级市。东台，滩涂离开大海一步步走向人间，陆地面积天天在生长。而我出生和成长的三仓与弶港农场，几百年前还是大海，那里是我的故乡，也是大海的故乡。换言之，我与大海拥有同一个故乡。如果说人类起源于大海，那么我的故乡也是人类共同的故乡。

　　不管到何处，故乡总在肩头心里。故乡之于每个人，都有一些标志性的景观，比如一座桥、一棵树、某个墙角。当年生活的地方，现在的记忆路标。回到故乡，一切已不是当年的模样，包括我们自己，我们只能循着这些路标回到一个又一个曾经。故乡，就像一棵树的根，隐入地下，远离了日常生活，但一直都在。

　　人的一生总是背着故乡在行走，喜欢在陌生之地寻觅故乡的影子，也是在触摸那个隐藏的自己。我们去远方，其实是探访被我们丢失的家。旅行的真正意义在于以行走的方式，在他者的故乡或大自然的幽深处找到与心灵共鸣的某种心绪。这不是哲学性的问题，而是常常被我们忽视的人之常情。

这些年，但凡到一处，我总会寻机从人群中脱身，一个人随意走走看看，有小路，我一定是要走一段的。不起眼的小路，很少有人光顾的小路，是大地上的另一种明亮，而那些隐秘，其实才是人与自然互动性的通透。走在这样的小路上，我遇见的是另一个自己，那个置身于日常生活之外的自己。这样的自己，才是真正的"我"。小路很安静，收纳了人世间所有的浮华而不动声色。小路很窄，却是辽阔的另一种展现，一如我们细腻情愫中的豪迈之心。面对水，无论是荷塘清潭还是小沟大河，我喜欢注视水中的我和天空，或看鱼儿嬉戏，或看水中那些静止的石头。只要条件允许，我会用手撩撩水。清澈见底也罢，深不可测也好；平静如镜也罢，汹涌湍急也好，水本质上是安详的，其中的秘密从不会泄露。桥，是此岸与彼岸的连接，更是人生的诸多隐喻。走到桥上，尤其是那些青砖桥或木质桥，我会伏在栏杆上，什么都看，什么都不看。坐在一块石头上，或躺在一块草地上，让一切喧嚣远去，只留下自己的心跳。更多的时候，我漫无目的地走，把他乡走成我的故乡，把自己走成大地的一部分。

我已经好多年不用相机拍风景，表面上是因为相机没有手机方便。不过，还有深层次的原因。拎着相机，似乎就有了拍照的责任和使命，多半的心思花在取景和构图上，顾不上进行在场性的心灵感受和情绪荡漾。如此，到过的地方，只留下一些照片，被取景框切割之后的平面的光影，心头则是了无痕迹。还是手机拍照好，随意性地拍一拍，基本上不影响目光的专注和情感的安放。我用手机拍风景，速度很快，相当于眨了一下眼睛。我拍的不是风景本身，也不是我目光之所见，那构图和光线是从心里泛出的图像。因而在我举起手机按下拍摄键前，影像已经在我心间，拍摄只是记录重逢的瞬间。

我的第一首诗是在甘肃省甘南藏族自治州临潭县的冶力关写下的，这之于我具有现实性和象征性的双重意喻。冶力关在西部高原，此前是溢出我想象以外的远方。而这里的小桥流水和江淮遗风，又处处飘飞我故乡的气息。忽略高山深峡，忽略大地的高海拔，这里一如我故乡的村庄。成年的我离开家乡后，第一次与村庄与乡亲们有了真正意义上的相处。到过许多地方，经历了太多的漂泊，我已经有了随遇而安的心境和应变能力。那天，我坐在半山腰，天空如大海一般地蓝。山，一会儿是远方的存在，一会儿又像我儿时乡村的大草垛。我望着山下远处的农家，在手机上写下一行行文字，写下眼前的村庄，写下故乡的村庄，写下我心中的乡村。如此一来，我的诗歌写作从内质而言是故乡性的叙事，行为完全是在场性的。

自此以后，每到一处，我可能会写点诗。说"可能"，是因为有些地方，我没有写诗的冲动，或者无力写出诗。还有就是，只有到过的地方，我才可能会写诗，就是我的故乡，我也是在又一次返回时才写下诗。故乡那些我在写诗前曾无数次走过或驻足的地方，因我没有再次相遇，也就没写诗。与某个地方密切相关的诗，我一定是在抵达后离开前书写。这与我写下的第一首诗的状态有关，更与我写诗的内驱力相关。

山水诗，自古有之。有资料显示，中国的第一首有记载的完整的山水诗是曹操的《观沧海》，而开创山水诗的第一人又归属谢灵运。山水诗将山水（包括田园以及广义的大自然）作为相对独立的审美对象，描写山水风物，借山水抒胸臆。"山水含清晖""清晖能娱人"，山水诗的这一叙事范式传承至今。当然，山水诗的书写内容也在不断得以拓展，时下，生态诗在一定程度上也是山水诗的扩容。

我特别在意诗歌中的画面感，自以为画面感是诗歌的基本质地之一。这样的画面源于大自然，经由中国古典哲学的点化，当有中国山水画的写意流动中的意境。诗中的画面，是写真性的自然与情感性的想象的共谋。诗人笔下的山水是目光与心灵浸染后的山水，就像我拍下的风景照是我内心投射的风景。这是我的诗歌主张，也是我不断追求的诗歌理想。

我想说的是，我的诗是传统意义上的山水诗，但似乎又不尽然。在情感上，我从没有把所写的地方当作风景当作远方。此心安处即故乡，或者我总是怀着故乡般的情意在写某个抵达的地方。"诗人的天职是还乡"，在我看来，所谓的还乡，其实是返回真诚的真挚的纯然的性灵之地。我笔下的每一处地方，我都怀有与故乡一样的情意，都与我的出生之地建立了某种联系。否则，我不会下笔的，也无从下笔。

我意不在写景绘物，诗意地拓印某个地方的物形景状。我也不看重借景抒情的诗歌之功，以大地万物来明示或隐喻我的心绪性情。我向往与万物建立对话关系，诗歌是桥，也是共同的语言。这样的对话，有我幻想式的自语，也有与他者的交流。我在现场写诗，其实就是要把自己化成那生态中的一分子，记录下我得到的感受和想传送的感受。诗歌，成为我安放心灵于"现时现地"的一种方式。未写诗，那些远方也仅是我曾经到过的地方，而写诗时，我有种回家的感觉。离开后，因为写了诗，那些远方成了我的故乡。因为心有所系情有所安，所以印有足迹的地方，都成了故乡，便有了诗。因为有诗，那些远方不再遥远，就是家的分身。因为诗歌，我有了一个又一个故乡，我的父老乡亲的群落越来越大。故乡，是人与自然统一的生命体。我笔下的故乡，当然有物也有人，我是大自然的一分子，也是人们中的一员。这样的感觉很踏实，很美好。

如此，我在我的诗歌里建构了我的大故乡，我在宏阔的大地上深情地进行"大故乡写作"。这符合我对诗歌的认知和寄托，所有的诗歌都是故乡性的写作、实地的故乡、精神的故乡。

北　乔

2022 年 9 月 16 日于京北阳光草堂